두잇커피,
마음을 내립니다

두잇커피,
마음을 내립니다

초 판 1쇄 2025년 05월 27일

지은이 곽현주
펴낸이 류종렬

펴낸곳 미다스북스
본부장 임종익
편집장 이다경, 김가영
디자인 윤가희, 임인영
책임진행 김요섭, 이예나, 안채원, 김은진, 장민주

등록 2001년 3월 21일 제2001-000040호
주소 서울시 마포구 양화로 133 서교타워 711호
전화 02) 322-7802~3
팩스 02) 6007-1845
블로그 http://blog.naver.com/midasbooks
전자주소 midasbooks@hanmail.net
페이스북 https://www.facebook.com/midasbooks425
인스타그램 https://www.instagram.com/midasbooks

ⓒ 곽현주, 미다스북스 2025, *Printed in Korea*.

ISBN 979-11-7355-241-0 03810

값 17,500원

※ 파본은 구입하신 서점에서 교환해드립니다.
※ 이 책에 실린 모든 콘텐츠는 미다스북스가 저작권자와의 계약에 따라 발행한 것이므로 인용하시거나 참고하실 경우 반드시 본사의 허락을 받으셔야 합니다.

미다스북스는 다음세대에게 필요한 지혜와 교양을 생각합니다.

두잇커피,
마음을 내립니다

곽현주 소설

미다스북스

카페에 파는 머핀의 반죽을 본 적 있나요?
그 모습만 보고서는
완성될 머핀의 모양과 맛을 확신할 수 없어요.

우리는 그저 짐작할 뿐이죠.
다 알고 있는 것 같아도
결국은 알 수 없는 것들이 참 많습니다.

목
차

프롤로그　008

1. 루비쿠키의 정체　011

2. 12시55분 레모네이드 걸　039

3. 설경은 휘핑크림 맛　081

4. 단풍잎과 아메리카노　119

5. 루비쿠키와 그들의 인사　131

프롤로그

카페에서 커피를 마시며 남편의 연락을 받았다. 내가 늘 미주알고주알 이야기해도 간결하게 "응 그랬구나." 한마디뿐인 사람이라 무슨 일로 전화를 걸어왔는지 감이 잡히지 않았다. 끊길 법도 한데 계속 벨이 이어지니 괜히 컵을 꽉 쥐었다. 전화를 받자, 남편이 대뜸 물었다.

"당신은 어떤 색을 좋아해?"

남편이 묻는 말의 맥락을 빠르게 파악하지 못했다.

"갑자기 그건 왜 물어요?"

내가 질문을 던져도 "평소에 좋아하는 색깔이 있을 것 아니야."라고 같은 말만 했다. 하지만 아까보다 목소리가 조금 상기된 것 같았다.

"글쎄요 노란색도 좋고요. 요새는 노란색이나 주황색 같이 따뜻한 색감이 좋더라."

대답한 뒤엔 별일이란 생각이 들었다. 좋아하는 색이라니. 아들이 일곱 살 적 나에게 물은 이후론 들어보지 못한 질문이다. 어쩐지 남편과 아들의 목소리가 겹쳐 들렸다. 전화를 끊고 느지막이 집으로 돌아오니 소파에 덩그러니 놓인 것이 보였다. 주황색과 하얀색이 섞인 거베라 꽃다발이었다.

루비쿠키의 정체

그 모습을 보니 연기처럼 스미는 기쁨을 감출 수가 없었다. 월드컵에서 우리나라 선수가 첫 골을 넣었을 때와 비슷한 환호를 했다. 손님의 얼굴에도 기쁨이 점철되었다. 동시에 어딘가에서 해방된 사람으로 보이기도 했다.

이윤은 아까부터 신발의 앞코만 멍하니 바라봤다. 사실은 버스를 기다리며 보았던 풍경을 떠올리는 중이었다. 페인트가 벗겨진 정류장 의자에 앉아서 주변을 살폈다. 맞은편 조명 가게에서 불을 밝힌 아주머니가 기지개를 켜고 있었다. 짧은 파마머리, 고동색 나팔바지에 반짝이가 달린 파란색 반팔. 조명 가게가 아니라 콜라텍에서나 볼 법한 복장이었다. 손목시계를 보니 어느새 시간이 훌쩍 지나 있었다. 이대로라면 진료 시간을 맞추지 못할 수도 있었기에 택시 어플을 켰다. 호출 버튼을 누르자마자 배차가 되었다는 문자와 함께 차량의 번호와 기사님의 얼굴을 알 수 있었다. 채도가 높은 군청색 넥타이를 매고, 짙은 회색빛 양복을 입은 모습이 택시 기사보다는 부장님이라는 호칭에 더 어울릴 것 같았다. 택시에 오른 후 미리 켜 둔 내비게이션의 경로를 뚫어

져라 보았다. 그때 기사님이 거울의 방향을 조절하는 게 느껴져 순간 움찔했다.

'뭐지? 왜 룸미러로 나를 힐끔대는 거야.'

옷매무새를 다듬고 가방 속 파우치를 꺼내며 분주한 시늉을 했다.

"저 혹시 학생?"

결국 손에 든 것을 내려놓고 대화를 시작했다.

"실례가 안 된다면 질문을 하나 해도 될까요?"
"네 말씀하세요."

말을 뱉는 숨이 끝나기도 전에 아차 싶은 마음이 들었다. 혹시라도 곤란한 이야기를 하시면 어떻게 대처해야 할까. 그 짧은 순간 고민했다.

"요즘 젊은 친구들은 서로 만날 때 어떤 선물을 주고받나요?"

"선물이요? 저는 얼마 전에 친구를 만날 때 꽃을 들고 갔어요. 꽃다발은 너무 부담스럽고 작게 한 송이요."

기사님은 말 한마디 없이 고개만 끄덕였다. 별다른 반응이 없어서 마음이 화해질 무렵 다시 대화가 시작됐다.

"그럼, 생일에는요?"

'생일 때…?'

이윤은 많지 않은 친구들의 이름과 얼굴을 모두 떠올렸다. 희윤이의 생일에는 그 친구가 좋아하는 브랜드의 머릿결 보호 제품을, 세영이의 생일에는 휴대폰 그립톡을 선물했다. 말을 하는 중간중간 기사님을 바라보았다. 눈은 앞을 보고 있었지만 미세하게 입술을 들썩이고 광대까지 꿈질했다. 이 질문의 의도를 알아야겠다는 생각이 들었다. 그래야 대화를 끝낼지, 주의를 기울일지 택할 수 있을 것 같았다.

"혹시 기사님께서 선물을 하셔야 하는 상황이 있나요? 저는 친구들의 취향에 따라서 각각 다른 선물을 했지만 모두 직접 쓴 편지와 함께 줬어요."

질문하는 자신의 목소리가 쌀쌀맞게 느껴져 얼른 편지 이야기를 덧붙였다.

"편지요?"

드디어 운전석에서 대답이 건너왔다.

"그게 사실은 우리 부부 결혼기념일이 열흘 정도 남았어요. 그런데 도대체 어떤 선물을 해야 좋을지 몰라서 물어봐요. 우리 집이 작년까지 경제적으로 어렵다가 이제야 숨을 좀 편히 쉴 만 해졌거든요. 그래서 이번에는 좀 특별한 선물을 하고 싶은데 아이디어가 없네요. 시계나 장신구는 워낙

거추장스러워 해요."

 말을 마친 기사님이 허허 웃었다. 멋쩍어 하는 웃음소리가 마음속에 남았던 작은 뾰족함을 없앴다.

 "아 그러시구나. 그럼, 꽃이랑 편지, 케이크는 어떠세요? 꽃은 받기만 해도 기분이 좋아지는 것 중에 하나잖아요. 편지. 특히 손으로 쓰는 편지만큼 귀한 게 없고요."
 "아 너무 좋네요."

 택시 기사님은 마침내 나침반을 얻은 모험가처럼 든든한 표정을 지었다.

 "혹시 꽃다발은 어떻게 주문하면 되는 건가요? 정말 기본적인 것일 텐데 처음이라 모르는 게 참 많아요."

 기사님의 말씀을 듣고 가방에서 단골 꽃집의 명함을 꺼냈다.

"여기로 전화하셔서 주문하고 픽업하세요. 부인께서 좋아하시는 색상을 포인트 컬러로 해달라고 요청하시면 더 좋아요."
"오늘 정말 고마워요."

내릴 준비를 하며 미터기를 바라보았다. 아무리 차가 막히지 않았어도, 요금이 너무 적게 나왔다는 생각이 들었다.

"기사님 생각했던 것보다 요금이 너무 적게 나와서요. 이런 경우도 있나요?"
"아 사거리부터 미터기를 껐어요. 말 많은 운전기사 이야기 들어준 값으로 칠게요. 명함도 고맙습니다."
"아닙니다. 그러지 마시고 제값 다 받아 주세요."
"얼른 가요. 아슬아슬하게 시간 딱 맞췄네. 병원은 되도록이면 덜 아플 때 가는 게 좋아요. 조심해서 가세요."

"차이윤 님 들어오세요."

 내 이름이 불렸을 때야 택시에서 나눈 대화를 곱씹는 것을 멈췄다. 외출을 하려고 정신없이 움직인 것에 비해 진료는 간단히 끝났다. 아침부터 너무나 분주했던 탓인지 늦은 오후 시간에나 느낄 법한 나른함이 한 번에 몰려왔다. 눈을 뜬 순간부터 병원에 도착할 때까지 평소보다 한 템포 빠르게 움직인 마음은 진정을 몰랐다. 10시 19분. 출근까지는 2시간 정도 여유가 있었다. 가만히 앉아 시간을 보낼 요량으로 근처 카페에 들어갔다. 넓게 트인 창을 보고 있으니, 아침부터 막무가내로 튀던 소음들이 그제야 일제히 입을 닫는다. 얼마 지나지 않아 도어 벨이 울리고 바람과 함께 내부에 숨 막히는 향이 퍼졌다. 곧이어 들어온 남자는 어딘가 부산스러워 보였다. 카운터로 향하는 짧은 순간에도 양손을 가만두지 못했고, 작게 입을 벌려 헐떡였다. 입술을 동그랗게 말아 움직이니 콧볼까지 들썩였다. '타탁' 하는 소리가 들려 살펴보니 방금 들어온 그 남자였다. 주문을 마치고 자리로 돌아가다가 내 자리 근처에서 휴대폰을 떨어뜨린 듯

했다. 그것을 주우려고 곁으로 몸을 기울이는 그를 통해, 카페에서 나던 진한 향수 냄새와 담배 향의 발원지가 같다는 것을 확신했다. 남자의 옷에 붙은 담배 향이 내 코로 옮겨온 것 같은 느낌이 들어 먹던 라테를 남겨두고 나왔다. 온갖 역한 향과 맛이 한꺼번에 느껴져 견디기가 힘들었다.

"안녕하세요. 두잇커피입니다."

아침을 분주하게 보낸 이윤의 목소리가 평소보다 조금 더 크고 활기찼다. 한바탕 손님이 빠져나가고서야 아주 잠시 숨 돌릴 여유가 생겼다. 일하고 있는 카페는 중학교와 회사 근처라 12시부터 2시까지는 사무실 출입증을 멘 사람들로, 4시 30분부터는 책가방을 멘 아이들로 출입문이 닫힐 새가 없는 곳이었다. 어느덧 지금은 4시 25분. 문이 열리는 소리에 다시 일어섰다.

"딸기 스무디 한 잔과 바나나 스무디 한 잔 주세요."

  손님이 몸을 살짝 움직이자, 검정색의 책가방에 달린 토끼 모양 열쇠고리가 흔들렸다. 학생들이 가고 난 뒤엔 중년 아주머니들의 주문을 받았다. 카푸치노 한 잔과 레몬차 한 잔. 이 손님들은 카운터에서 멀리 떨어지지 않은 곳에 자리를 잡았다. 한 사람은 푸른 진녹색 빛 스카프와 검은색 코트를, 한 사람은 파란색 숄을 걸쳤다. 눈꼬리가 휜 표정으로 잔을 받아 드는 모습에 덩달아 웃으며 카운터로 돌아왔다. 손님이 자리한 테이블에서 살랑살랑한 대화가 들려왔다. 이윤은 고양이에게 기대듯 살짝 귀를 내밀었다. 드문드문 들리는 말소리로는 '우리 학교 다닐 때의 이야기'인 것 같았다. 잠시 후에 대화 주제가 바뀌긴 했지만, 여전히 그들의 시절 안에 머물렀다. 지금 화제에 오른 연예인이 34년 만에 다시 라디오를 진행한다는 기사를 보았던 기억이 나서 인터넷에 검색을 해 보았다. '역시나 맞았군.' 이윤은 카페에서 잔잔하게 흐르던 음악을 조심스레 라디오 소리로 바꿔 두었다.

"명은아 무탈하게 잘 지냈어?"

오랜만에 고등학교 동창을 만났다.

"응 그럼! 그나저나 우리 왜 이렇게 오랜만인지 모르겠어. 이제는 밥 먹여서 학교 보낼 자식도 없는데 그때보다 더 만나지를 못하네."
"그러게."

친구의 큰 아들이 장가를 들 때 이후로 오랜만에 보는 얼굴이다. 우리의 어린 시절이 당장 지금인 것처럼 반가웠다. 이 친구를 만나면 나의 세월 전부를 거스르는 느낌이 들었다. 그도 그럴 것이 우리는 학창 시절부터 언제나 함께였다. 결혼이란 큰 변곡점에 도달할 때도 이 친구는 내 가장 가까이에 있었다. 친구 남편의 소개로 나의 남편을 만났다. 이 친구를 만나는 것은 내게 사람의 연을 눈으로 형용하게 하는 일이었다.

"얼마 전 오랜만에 쉬는 날이라 카페에 있는데 갑자기 우영이 아빠한테서 전화가 왔어."

"어머 무슨 일이래. 그 말 없는 양반이? 무슨 일이 생겼었어?"

"아니 전혀. 대뜸 좋아하는 색에 대해서 묻더라. 생전 그런 취향은 신경을 써본 적도 없는 사람인데 말이야."

"참 별일이네."

"얼버무려 대답했지. 주황색을 좋아한다고 했었나. 여하튼 그러고서 집에 갔더니 소파에 꽃다발이 덩그러니 있더라. 참 나…. 기분이 좋기도 하고, 놀라기도 했던 것 같아."

한참 남편 이야기를 하다 이제 막 종알거리기 시작한 손녀를 자랑했다. 자연스레 푸딩처럼 보드라운 얼굴을 떠올렸다. 친구는 손뼉을 짝짝 치고 웃었다. 남편을 만난 것이 자신의 덕임을 잊지 말라며 살짝 우쭐댔다. 그 모습이 밉지 않았다. 어깨를 으쓱하는 움직임과 오른쪽 눈을 윙크하며 시원하게 웃는 저 모습. 카메라에 담듯이 저장 버튼을 누르고 싶지만 방법이 없어서 그저 같이 웃게 되는 저 얼굴. 그렇게 한참을 웃다가 우리는 라디오를 듣던 어린 소녀의 모습으로 돌아갔다.

"그래 그때 라디오 참 많이 들었었는데…. 지금처럼 마음을 요기할 것들이 많지가 않았잖아."

라디오에서 나오는 DJ의 목소리를 겨울 군고구마처럼 품던 때가 있었다.

"어머 명은아 잠깐만…."

별안간 말을 멈춘 친구의 눈이 커져 영문을 알 수 없었다.

"잠깐만 들어 봐."
"뭐… 뭘?"
"지금 카페에서 나오는 것 같아."

친구의 말에 주위를 두리번거렸다.

"맞네. 그때 그 목소리가 지금 이 카페에서 들려. 왜 이렇게 눈물이 날 것 같은 기분이 드는지."
"어떻게 이런 순간이 있지…." 하며 계속 곱씹었다, 누군가가 우리의 이야기를 듣기라도 한 것 같은 신기한 일이었다.

아침부터 바쁜 날이다. 아들의 부탁을 받고 흔쾌히 그러겠노라 답한 순간부터 서둘렀다. 원에 도착해 선생님의 안내를 받아 아이를 기다리고 있었다.

"아 승아 할머님이세요? 조금만 기다리시면 아이가 나올 겁니다."
"할머니! 안녕하세요."

손녀는 꼭 동그란 초코볼 같았다. 표현이 코믹하게 느껴져도 이보다 비슷한 것을 찾을 수 없었다. 손녀는 아들의 눈과 코, 며느리의 얇은 입술을 그대로 닮았다. 까무잡잡한 피부, 동그란 두상, 까만 머리카락. 조부모의 세상엔 언제나 아이를 예쁘게 바라보는 시선만 존재할 뿐이다. 나 또한 마찬가지였다.

"할머니! 나 배고파요!"
"승아야 배고파? 할머니랑 맛있는 것 먹으러 가자"
"응! 할머니 그런데 우리 아빠는요?"
"아빠는 오늘 회사에 일이 많아서 저녁에 집으로 승아를 데리러 오신대. 그동안 할머니랑 같이 있을 거야."
"좋아요."

아이를 데리고 근처 카페로 향했다. 종종거리지만 빠르지 않은 아이 걸음에 맞추려니 평소보다 보폭을 훨씬 좁혀서 걸었다.

"승아는 어떤 음료를 마시고 싶어?"

오렌지 주스라 답하는 것을 보니 아무래도 오렌지 주스를 말하는 것 같았다.

"카푸치노 한 잔이랑 오렌지주스 한 잔 주세요. 승아야 케이크나 쿠키는?"
"지금 안 먹을래요. 나중에 먹을래요."

손녀를 안아서 창가 자리로 향했다. 바닥에 닿지 않은 발을 흔드는 아이는 주스가 나오자 한 입 마시곤 밖을 바라보았다. 그제야 나도 커피를 한 모금 넘겼다. 우리를 데리러 오기로 한 남편이 도착하려면 앞으로 남은 시간은 35분 정도였다. 휴대폰에서 들린 소리를 확인하는 사이 갑작스레 손녀가 나를 부르며 벌떡 일어났다.

"할머니! 할머니! 뀨뀨차! 뀨뀨차!"
"응?" 하는 목소리와 함께 고개를 돌리니 밖에 구급차 한 대가 지나가고 있었다.

"응 구급차가 지나가네. 어딘가에 있는 아픈 사람을 태우러 가나보다."

내 말에 대답하듯 아이가 이어 말했지만 도저히 알아들을 수가 없었다.

"응? 오늘 어린이집에 구급차가 왔었어? 왜 왔을까? 누가 아팠어?"
"아니 그거 아니야!"
"어린이집에 구급차가 왔다는 게 아니야?"
"맞는데에!"

대체 무엇이 맞고 무엇이 틀렸다는 건지 원에서 인사를 할 때만 해도 쭈뼛쭈뼛 하며 존댓말을 쓰던 아이의 말투가 달라졌다. 두 눈썹 사이를 가득 모은 얼굴이 아들과 아주 비슷해서 웃기기만 했다.

"자 다시 천천히 말해 볼래? 할머니가 이번에는 더 잘 들어볼게."

아이도 진정이 되었는지 목소리가 조금 누그러졌다. 하지만 아이가 한마디씩 던질 때마다 내 입은 더욱 다물어지고 머릿속은 시끄러웠다.

"그러니까 승아 말은 오늘 어린이집에서 구급대원 체험을 했다는 거야? 들것도 보고?"

대화만 통한다면 산골 오지에 가도 잘 살 수 있는 시대에 가장 가까이 있는 콩알 하나의 말을 알아듣지 못해서 애를 먹는 중이었다. 무언가를 설명하고 싶어 하는 아이의 들뜬 목소리와 따라오지 못하는 어눌한 발음, 평소보다 흥분해 좀 더 커진 눈동자가 모두 사랑스러워서 와하하 웃었다. 아이의 말을 알아들은 것만으로도 무언가 큰일을 해낸 것처럼 뿌듯했다.

"할머니 주스가 맛있어요. 그런데요 나 루비쿠키 먹을래요."

겨우 하나 알아들었더니 또 다른 관문이 열렸다. 루비쿠키라니 들어본 적도 없는 이름이다.

"으응… 루비쿠키?"

후 한숨을 내뿜을 뻔했지만 가까스로 막고 물었다.

"승아야 혹시 루비쿠키는 어디에서 먹었어? 유치원에서 먹었나?"
"아니. 유치원 아니야."
"그럼 혹시 편의점에 파는 보석 모양 사탕을 말하는 거야?"
"사탕 아니야 할머니."
"사탕이 아니라고? 그럼 뭐지?"

이 말의 의미를 해석할 수 있는 철학자가 있다면 찾아내 무덤에서 깨우고 싶었다.

"그럼 루비쿠키의 모양이 어떻게 생겼는지 말해 줄래?"
"쿠키 맛은 어때? 초코 맛이나 딸기 맛이 나?"
"으응… 초코 맛도 나고…."

아이만의 은어인가 하는 생각이 들어 며느리에게 연락을 해 보았다. 바쁜 사람에게 미안한 일이지만 방법이 떠오르지 않았다. 자신도 모르겠다는 대답을 듣자 입이 말라서 펄펄 뛰고 싶었다.

주문이 잦아든 시간에 잠시 쉬려고 앉자 쨍한 목소리가 들렸다.

"그럼 루비쿠키 맛은 어때? 초코 맛이나 딸기 맛이 나?"
"으응… 초코 맛도 나고…."

손님이 아이와 쿠키 판매대 앞으로 다가오는 것을 본 이윤은 몸을 일으켰다.

"손님 혹시 찾으시는 것이 있으세요?"
"아… 그게 아이가 쿠키를 사달라고 하는데 그게 어떤 쿠키인지를 못 찾고 있어요. 아이 엄마에게 물어봐도 모르겠다고 하고요."

 손님은 난감한 듯 웃었다. 잠시 카운터 밖으로 나와 손님의 뒤에 숨은 아이에게 다가갔다.

"예쁜 꼬마 손님은 이름이 뭐야?"
"뚱아요. 정뚱아!"
"승아? 승아야 혹시 그 쿠키를 어디에서 먹었어?"
"집에서요."
"집에서? 그 쿠키는 크기가 어땠어? 기억이 나?"

아이는 엄지와 검지를 모아 동그라미를 만들었다.

"동그란 모양이었구나! 크기가 컸어, 작았어?"
"커요. 이만큼."

아이의 손을 잡은 손님의 표정은 멍해 보이기도 했고, 어딘가 불편해 보이기도 했다. 그 모습을 보니 더 찾고 싶었다.

"거기에 뭐가 들어 있었는지도 알아?"
"몰라요 근데 조금 딱딱하고 아삭하고…."
"혹시 딱딱하고 아삭한 그게 뭐였는지 기억이 나?"
"아니요."
"기억이 안 나?"

잠시 뜸을 들인 아이가 답했다.

"경가유요."
"경가유…?"
"쿠키 안에 든 경가유가 뭐지? 쿠키 안에 든… 아 설마 견과류?"

"맞아요. 경가유! 그리고 엄마가 호두라고 했어요. 몸에 좋은 것"

"승아야 아까 쿠키가 동그랗고 크다고 했잖아 그치? 그 동그라미 모양이 매끈매끈했어 아니면 삐쭉삐쭉 울퉁불퉁한 모양이었어?"

"삐쭉삐쭉."

"승아가 그 쿠키를 입에 넣었을 때 느낌이 어땠어? 바삭바삭 했어 아니면 스르르 부드러웠어?"

"바삭했는데 스르르 했어요."

크기가 크고 울퉁불퉁하며, 견과류가 들어가는, 겉이 바삭하고 촉촉한 어떤 쿠키를 찾아야 했다. 입으로 읊조리다 판매대를 쭉 살피니 마침내 떠오르는 것이 있었다. 아이와 눈높이를 맞추려 굽혔던 무릎을 세워 판매대 앞으로 향했다.

"승아야 혹시 이 쿠키랑 비슷하게 생겼어?"
"으응… 맞아요. 이거랑 비슷해요! 이거야!"

아이는 웃으며 발을 통통거렸다. 그 모습을 보니 연기처럼 스미는 기쁨을 감출 수가 없었다. 월드컵에서 우리나라 선수가 첫 골을 넣었을 때와 비슷한 환호를 했다. 손님의 얼굴에도 기쁨이 점철되었다. 동시에 어딘가에서 해방된 사람으로 보이기도 했다.

"손님! 아이가 말한 쿠키가 바로 르뱅쿠키인가 봅니다."
"아! 르뱅쿠키 주세요! 그것 당장 주세요!"
"르뱅쿠키를 루비쿠키라고 말했었나 봐요. 알고 들으니 루비쿠키와 르뱅쿠키가 발음이 비슷한 것 같기도 하네요."

　아이는 쿠키가 담긴 봉투를 가슴께로 가져갔다. 웃는 얼굴이 꼭 진힌 색을 띠는 복숭아 같았다.

"할머니 이거 고모랑 먹었어요. 나는 루비쿠키 좋아해요."
"그렇구나. 천천히 먹어 승아야. 이것도 포장 풀어줄까?"
"이건 안 먹을래요."
"왜?"

"이건 빵빵 할아버지 주고 싶어요."

"어머 이건 할아버지 드리려고? 승아 덕분에 할아버지가 아주 행복하시겠다."

"할머니! 밖에 할아버지가 왔어요! 저기 있어요."

"정말이네. 이제 가자."

손님이 돌아간 자리에서 붉은 석류알처럼 예쁜 대화가 들려왔다.

"참 쿠키 하나가 뭐라고 이렇게 속이 시원하네. 정말 고마워요. 도와주지 않았으면 해결이 될 때까지 귀에서 아이 목소리가 들렸을 거예요."

손님은 카페를 나서기 직전 이윤에게 다가가 말했다. 손님의 말을 들으니 기분 좋은 흥분이 솟구쳤다. 퇴근해 집으로 돌아가는 길에도 쿠키를 찾은 순간을 계속 생각했다.

"고마워요 저번에도 이 카페에 온 적이 있어요. 오랜만에 친구를 만나서 옛이야기를 하는데 여기서 들리는 라디오 소리 덕분에 더 행복했어요. 일부러 틀었는지 아닌 건지는 몰라도 참 고맙네. 또 올게요. 그때 봐요."

'고마워요 참 고맙네.' 이윤은 읊조림으로 손님의 어투를 한두 번 따라 해 보았다. 카페에서 매일 손님을 마주하며 자연스레 보게 되는 것이 있었다. 눈에서부터 내비치는 감정과 말을 뱉으며 움직이는 입술의 모양이다. 아무것도 담기지 않은 빈 얼굴로 서 있다가 '아메리카노 한 잔이요.'라는 문장을 뱉으며 움직이는 얼굴 근육, 커피 잔을 받으며 조금 올리는 입꼬리, 웃다가도 변하고, 변하다가도 웃으며 다종의 표정을 담는, 어떤 표정이든 담을 수 있는 손님의 얼굴을 본다. 그늘이 주문을 마치고 자리로 돌아가거나 출입문을 열고 나가면 이윤은 곧장 파르르 떨리는 입꼬리와 살짝 벌어진 입술을 다물었다. 눈을 내리깔고 턱과 코를 잇는 근육을 꽉 잠갔다. 내리깔린 눈과 딱딱한 턱은 언제나 얼굴을 무겁게 했다. 두꺼운 석고팩 같은 표정의 무게를 스스로만 알았다. 잘 떨쳐지지 않는 것이었지만 오늘은 평소와 조금 달랐다.

'내가 견딜 수 없는 사람'이라 칭하곤 하는 유형의 기준점이 되는 이가 바로 저 사람이라는 것을 깨달았다. 이상한 사람, 책임감 있는 사람, 이상하지만 책임감 있는 사람. 양립할 수 없을 것 같아 보이는 극단이 마주하고 있었다.

"어서 오세요. 두잇커피입니다."

카페에서 일을 하다보면 유독 특징이 잘 보이고 기억하게 되는 손님이 있다. 나는 나만 알도록 그 손님을 부르는 명칭이 있었다. 12시 53분. 시간을 확인한 후 레몬청을 꺼내려 움직이니 곧바로 출입문이 열렸다.

"잠시만 기다려 주세요."

태연히 대답하곤 얼음을 담으며 쾌재를 불렀다. 역시나 오늘도 정답이다. 레모네이드 한 잔과 얼음을 넣지 않은 아메리카노 한 잔. 화요일과 목요일 오후 12시 55분에는 매일 돌아오는 정오처럼, 자정처럼 어긋남 없이 같은 주문이 들어온다. 여자는 말을 마치고 주문대에서 살짝 멀어졌다. 주문한 두 잔을 손에 쥐기 전 늘 하늘색 사각 베젤 손목시계를 확인했다. 같은 요일, 같은 시간, 같은 음료를 시키는 것부터 시계를 보는 것까지가 한 묶음의 습관 같았다. 레모네이드 걸이 떠난 후에도 손님은 계속 찾아왔다. 짤랑거리는 도어벨 소리가 더 이상 청아하게 들리지 않을 때가 되어서야 퇴근했다.

"여기서부터 15분 정도만 더 걸으면 내 침대에 도착하는 거야."

중얼거리며 홀로 길을 걷는 중이었다. 어둠이 내린 만큼 자동차의 불빛도 진해졌다. 차들이 지나가는 소리에 귀와 머리가 얼얼해져 잠시 눈을 감았다. 냉한 바람이 눈에 들어와 시렸다. 퇴근길의 모든 것이 울렁임으로 다가와 걸음을 더욱 서둘렀다. 집에 도착하자마자 뜨거운 물에 티백을 우렸다. 침대에 누워 체온계를 귀에 댄 후에야 이유를 알았다. 삐익삐익 울리는 38.1도의 소리였다.

"이럴 수가. 하긴 병원에 다녀온다고 금방 낫는 것이 아니지…."

머리가 윙윙 울려 밤이 다 지나도록 눈을 뜨지도 붙이지도 못했다. 조금은 서늘한 새벽 기운에 눈을 떴다. 37.4도 여전히 열은 내리지 않았다. 두 눈을 꿈뻑거리며 다시 이불을 당겨 덮었다. 다음 날 아침, 고열에 시달린 몸을 주무르다보니 다음 타임 직원에게 받은 전화 내용이 떠올랐다.

"제가 방금 화장실에서 반지랑 카드지갑을 발견했어요. 혹시 이윤 님의 반지인가 해서요. 분실물을 두는 곳이 있을까요?"
"분실물이요? 손님이 두고 가신 것 같아요. 다시 찾으러 오지 않는 이상은 돌려드릴 방법이 없어요."

반지의 생김새를 물었다. 귀로 듣는 그 반지의 모양이 어딘가 익숙했지만, 머리가 점점 더 어지러워져 몸을 일으켰다. 따뜻한 물과 유자청을 컵에 담고 휘휘 저으니 향이 시큼히 올라왔다. 찌꺼기가 남은 컵을 바라보다 떠오르는 것이 있어 문자를 보냈다.

'반지의 주인을 찾은 것 같습니다. 오늘 오시는 손님이니 신경 쓰지 않아도 될 것 같아요.'

드디어 팀장님이 움직이기 3분 전이다. 내가 속한 부서의 장점을 한 가지 꼽으라면 점심시간이 비교적 자유롭다는 점이다. 탄력적으로 오갈 수 있는 것은 아니고 딱 12시 28분부터 1시 30분까지는 개인의 시간이 확실하게 보장되었다. 27분부터 꿈지럭거리는 팀장님은 꼭 28분에 화장실을 가며 말한다.

"먹을 사람들은 모여요."

곧이어 그가 자리로 돌아오면 모인 사람끼리 근처 샐러드

가게로 향했다. 팀원들이 모일 시간을 주려고 일부러 자리를 피하는 것 같기도 했다. 나는 샐러드를 먹으러 가지 않았다. 대부분 도시락을 싸다니거나 근처의 작은 백반 집으로 향했다. 그 후엔 5분 정도 걸어 카페에서 음료를 주문했다. 특별한 재료가 들어가는 건지 궁금할 정도로 레모네이드가 맛있는 집이었다. 음료를 포장해 사무실로 돌아가면 1시 10분. 그때부터 10분 동안은 주변 소음을 막아 주는 헤드셋을 착용하고 눈을 감는다. 그러고 나면 다시 업무에 집중할 수 있었다. 정확히 말하면 팀장님의 찡얼거림을 다 받아낼 수 있었다. 팀장님은 좋은 사람이었다(사적으론 어떤 사람인지 모르기에 회사에선 일을 잘하면 좋은 사람이고, 그것을 기준 삼으면 팀장님은 좋은 사람이 맞다). 모두를 아우를 줄 아는 통찰력이 있었다. 기본적으로 타인에 대한 판단이 빨랐다. 재단하는 것이 아니라 각자가 가진 역량을 파악해 업무에 맞게 사람을 배치했다. 점심시간이나 휴식 시간에 업무에 관한 이야기를 하거나 따로 호출하는 일도 없었다.

"점심시간은 본인이 먹을 점심밥을 챙기는 시간이니까 자유롭게 먹죠. 불편하게 먹다가 체하면 일에 방해되니까요."

이 말만 남기곤 고고하게 걸었다. 내가 견뎌야 하는 것은 바로 지금 같은 그의 집착이다.

"이홍지 씨! 혹시 내 메모지 못 봤어?"
"메모지 못 봤습니다. 드릴까요?"
"아니! 그냥 메모지가 없어서 찾는 게 아니야! 민트색 메모지 못 봤냐고. 내가 매일 쓰는 것 있잖아."
"아…."

팀장은 내게 질문한 후 텀블러의 빨대를 쭈왑하고 빨았다. 흐트러짐이 없는 상사였지만 사람을 질리게 하는 특이한 면모가 있었다. 팀장은 특정 색깔에 집착하는 사람이었다. 세상에 단 하나의 색만 존재하는 것처럼 굴었다. 지금 찾고 있는 민트색 메모지, 회의 때 쓰는 민트색 펜, 민트색 휴대폰

케이스, 민트색 텀블러. 그가 주조한 컬러가 아닐까 싶을 만큼 이것 하나밖에 몰랐다. 일처리를 더없이 냉정하고 깔끔하게 하는 그도 민트색과 관련된 것에 한해서는 이성이 작동하지 않는 것처럼 굴었다. 언젠가 한번은 디저트 카페를 추천받은 적이 있었다. 평소 카페에서 쓰는 돈이 가장 아깝다고 말하던 사람이라 내심 놀랐다. 자리로 돌아와서 카페를 살핀 나와 내 옆자리 동료는 폭소할 수밖에 없었다.

"카페 사진 봤어?"
"응 그런데 특색 있다고 느끼지는 못하겠어."
"다시 잘 봐."
"헉. 설마 이것 때문이라고 정말?"
"아무래도 그런 것 같지 않아?"

카페 안 의자는 모두 원목으로 만들어진 것이었다. 통일된 색을 가진 테이블과는 달리 다양한 색이 칠해져 있었다. 그라데이션 효과를 노린 듯 진녹색부터 점점 옅어지는 초록색, 연두색. 마지막 민트색 의자가 화룡점정(아니 가관)

이었다.

그 주 목요일은 비가 올 것 같은 날씨였다. 여유롭게 혼자 먹는 점심, 음료를 픽업하러 혼자 가는 카페가 업무 시간 중 나에게 큰 힘이 되었다. 회사에서 멀어지는 이 시간이 회사와 가까워지기 위한 시간이라는 게 씁쓸했지만 사실이었다. 음료 두 잔을 포장해 복귀하려던 참에 내 옆자리 동료에게서 전화가 왔다.

"홍지야 지금 난리가 났다."
"왜?"
"팀장님이 기분 좋게 점심을 드시고 와선 갑자기 펜이 없어졌다고 온 자리를 다 뒤지시는 중이야."
"어떤 펜? 혹시 민트색 펜 말하는 거야?"
"맞아. 지나다니는 직원들한테 펜을 보지 못했냐고 꼬치꼬치 물으셔. 혹시 너는 어디에 있는지 알고 있어?"

들려오는 말에 머리가 우지끈 아팠다. 펜을 찾으러 산만

하게 돌아다니는 팀장의 모습이 절로 그려졌다. 있는 힘껏 모은 눈썹, 강한 기운 가득한 눈동자, 덜덜 떠는 손. '후우 또 시작이군.' 음료를 주문한 후 화장실로 향했다. 찬물로 씻은 손을 목덜미에 갖다 대 몸을 부르르 떨었다. 주머니에 넣어둔 휴대폰의 진동을 애써 무시했다. 확인하지 않아도 발신인이 누구인지 알고 있었다. 냉한 기운에 다시 정신을 집중하고 허리를 곧게 펴서 계산대로 걸었다.

"주문하신 아이스 아메리카노 나왔습니다."

잔을 받아 들며 어리둥절했다

'이상하네…. 보통은 아이스 아메리카노와 레모네이드를 같이 주던데 오늘은 주문이 밀렸나보다.'라고 생각했다. 잠시 계산대 근처에 서 있으니 직원의 목소리가 다시 들려왔다. 아주 망설이는 표정과 몸짓이었다.

"저… 손님 오늘은 레모네이드를 주문하지 않으셨네요?"

"제가 전화를 받느라고 정신이 없어서요. 레모네이드 한 잔까지 말씀을 드린 줄 알았습니다. 오늘은 다시 주문해서 가져가기엔 시간이 촉박하네요."

나의 말이 끝나자 삽시간에 그녀의 낯빛이 밝아졌다. 목소리도 방금 전 주문을 받을 때보다 높아졌다.

"손님 레모네이드가 준비되어 있습니다. 두 잔 결제 가능합니다."

사무실로 돌아와서 책상 위에 커피를 두고 레모네이드부터 한 모금 마셨다. 주문하지 않은 음료가 준비된 영문을 몰라 직원에게 물었다. 카페 직원은 화요일과 목요일 같은 시간에 오는 나를 기억한다고 말했다. 의식하지 않은 채로 두 잔을 준비하게 되었다며 민망해 하는 표정이 계속 떠올랐다. 듣게 된 이야기가 웃기면서도 결국엔 원하는 메뉴를 모두 얻게 되니 기분이 좋았다. 참 센스 있다고 느끼면서도 날마다 다른 음료를 먹고 싶어 하는 손님은 좀 곤란하겠다는 생각을 했다. 포장한 아이스 아메리카노는 꼭 3시 30분쯤 얼음을 가득 채워서 마셨다. 반지가 없어진 것을 알아차린 것은 얼음을 채우고 자리에 앉은 직후였다. 키보드에 올려 둔 손을 바라보니 약지에 반지는 없고 허연 반지 자국만 보였다. 의자 스프링이 튕겨 나갈 정도로 벌떡 일어나니 옆자리 팀원이 나를 바라봤다. 무슨 일이냐는 듯 보내는 눈짓에 볼펜이 떨어졌다고 둘러댔다. '어디지? 어디에서 잃어버렸지? 회사에 돌아오는 길에도 반지가 없었나? 반지가 빠져서 길거리에 떨어진 건가? 아니 반지가 그렇게 헐거웠을 리가 없다. 그럼 도대체 어디서? 점심을 먹을 때도 손에 반지가 없었나? 왜 기억이 안 나지? 회사 화장실? 아니 거긴 없었는데 분명히…. 왜 이렇게 기억이 나질 않는 거야.' 펜을 찾겠다고 소란스럽게 행동하는 팀장님의 모습을 내가 그대로 재연했다. 하지만 그것도 아주 잠시였을 뿐 처리해야 할 업무가 쌓여 어디에서 잃어버린 것인지 되새겨 볼 여유가 없었다.

스무디 주문이 한꺼번에 들어왔다. 한바탕 블렌더 설거지를 끝내니 12시 55분. 곧바로 카페 문이 열렸다. 앞치마 주머니에 넣어둔 카드지갑과 반지가 신경 쓰였다. 주문을 하기 위해 다가온 손님을 바라보며 조심스레 물었다.

"손님 저희 매장 직원이 화장실에서 분실물을 습득했습니다. 혹시 손님 물건이신지 확인해 주시겠어요?"

"네? 분실물이라면 혹시 반지인가요? 제… 제 것 맞아요! 아! 카페에 있었구나. 회사에 도착하고 나서야 반지를 잃어버린 걸 알게 됐어요. 정말 고맙습니다. 드디어 찾았네요. 중요한 반지거든요. 그런데요 매니저님! 혹시 제 반지인 줄 어떻게 아셨어요?"

"반지를 습득했다는 연락을 받고 생김새를 듣는데 어딘가 익숙했어요. 그러다 카페에 오실 때마다 늘 반지를 착용하고 계시던 게 떠올랐어요."

손님의 칭찬에 멋쩍으면서도 대단한 일을 해낸 듯 이목구비가 씰룩거렸다.

"정말 감사합니다. 제게 중요한 반지였거든요. 눈썰미 덕에 찾을 수 있었어요."

의도치 않게 카페직원과 대화를 트고 난 이후에 나는 조금 더 빨리 음료를 픽업할 수 있었다. 사무실에는 2분 정도 빨리 돌아왔다. 반지 해프닝 이후 심리적 거리가 급속도로 가까워졌다(나만 그렇다고 느낄지 모르지만). "안녕하세요." 인사를 하고 기다리면 음료가 나왔다. 아직 점심시간에 다른 것을 마시고 싶던 적이 없었다. 한 잔은 일회용 컵에, 한 잔은 텀블러에 담아 기분 좋게 사무실 책상으로 향했다. 걸어가던 도중 내 자리에서 탁탁. 쿵. 하는 소리가 들렸다. 그것과 내 발걸음이 어우러져 하나의 리듬처럼 느껴질 무렵 먼저 그 선율을 깬 것은 나였다. 소리가 나는 쪽을 살

펴보다가 놀라 잡고 있던 텀블러를 놓쳤다

"팀장님 대체 지금 뭐 하시는 거예요? 제 책상 밑에서 왜 그러고 계세요!"

내 앙칼진 목소리가 그의 체면을 쫙 가르기라도 했는지 당황한 표정으로 나를 바라보았다. 접히지 않는 몸을 펴내며 또다시 쿵쿵 책상에 머리를 박았다.

"어? 어 홍지 씨 왔어? 미안해 미안해. 내가 펜을 떨어뜨렸는데 그게 홍지 씨 책상 밑으로 굴러가는 거야. 그래서 꺼내려고…. 하하 나 꼭 이 펜으로 필기하는 것 알잖아."
"아… 알지만 그래도 제가 왔을 때 주워 달라고 말씀하시면 되잖아요."
"그러게 그럴걸 그랬다."

'참 알다가도 모르겠어.' 사람에겐 다양한 면이 있음을 느끼게 하는 인간 군상의 표본이란 생각이 절로 들었다. 점심

시간마다 샐러드를 먹으며 관리한다는 몸은 보기 좋게 마른 것 같기도 하고, 딱딱한 옷걸이 같기도 했지만, 지금처럼 굽히면 이상하게 피둥피둥하다는 생각도 들었다. 팀장의 이 집착 때문에 무슨 일이 생기지는 않을까 염려되었다. 고개를 절레절레 흔들던 나는 팀장의 특징을 적어 인공지능에게 질문해 보았다. 나의 모습이 우스웠지만 그 어떤 행동도 팀장의 행동보다는 납득이 되었다.

"'Cromatomania' 팀장님께서 보이는 행동은 색채 강박일 수 있습니다. 색에 대한 집착을 의미하며 특정 색을 통해 심리적으로 안정감이나…."

'크로마토마니아? 참 별 걸 다 알게 된다.'

나는 어떤 일이 벌어지고, 그것이 내 마음 가까이에 도착하고, 상황 안에 들어가 일을 살피는 일련의 과정이 어떻든지, 잘 끝나기만 한다면 물 흐르듯 흘러갔다고 말하는 경향이 있는 사람이다. 그래서 늘 회사 일도 이만하면 순탄하다고 여겨왔다. 이 일이 벌어지기 전까지는 말이다. 팀에서 자체적으로 진행하는 프로젝트도 있었지만 우리 회사는 대부분 다른 기업의 선택을 받아야 하는 입장이었다. 이번에 우리 팀이 협업하려는 곳은 최근 상승세를 타고 있는 자연유래 성분 화장품 브랜드였다. 실적에 눈이 먼 팀장은 우리가 꼭 이 프로젝트를 가져와야 한다고 눈을 빛냈다. 실로 오랜만에 그의 결연한 목소리를 들었다. 이를 위해 우리는 몇 주 동안 점심시간까지 줄여가며 회의를 했다.

"점심시간 그 몇 분 빨리 모인다고 답이 나오나요."

휴게실에만 가면 이 얘기가 들렸지만 일주일도 채 안 되어 조용해졌다.

"한 페이지에 그림이 너무 많이 들어가지 않게 해야겠어요."

우리가 세운 전략은 자연유래 성분 화장품에 들어가는 재료를 설명하는 그림책을 제작하는 것이다. 화장품에 들어가는 성분을 모티브로 한 그림책을 만들고, 아이들이 책을 통해 상상력을 발휘해 이야기를 만들어 내게 하는 것. 이 과정을 릴스나 쇼츠로 공유하게 하고, 가장 기발한 이야기를 만들어 낸 사람에게 상품을 무료로 제공하며 화제를 끄는 캠페인이었다. 팀장의 목소리가 또렷하게 들렸다. 평소와 다르게 오늘은 너무 고고하지도, 쩨쩨하지도 않아 보였다. 이 아이디어를 구상한 이도 팀장이었다.

"요즘 사람들, 특히 젊은 세대는 짧고 강렬한 콘텐츠를 좋아하잖아요. 쇼츠나 릴스만큼 적합한 플랫폼이 없을 겁니다."

또 다른 팀원이 의견을 더했다. 회의를 마무리하기 직전 팀장이 다시 강조했다.

"'자연이 자란다, 우리에게 닿는다.' 이 슬로건은 꼭 기억하면서 작업을 진행합시다. 이게 핵심이니까요."

전류처럼 뻗어가는 그의 목소리가 이 프로젝트를 묶는 벨트처럼 느껴지기도 했다. 2시간 정도 지났을 것이라 예상했지만 흐른 시간은 고작 49분이었다. '후 너무 집중을 했나.' 점심때 사둔 아메리카노에 얼음을 가득 담고 와작와작 씹었다. 어느새 프로젝트를 위한 발표가 얼마 남지 않은 시기였다. 그 사이 얼음을 너무 씹어서인지 이가 시려 치과 치료를 받았다. 요즘 우리 부서는 마치 기름칠이 잘 된 바퀴 같기도 했다.

"좋아! 필요한 것이 있으면 바로 요청하세요."

늘 따가운 피드백만 주던 팀장의 입에서 나오는 이 한마디는 고소한 참기름인가 싶기까지 했다. 내 자리 근처 파티션에서 덜그럭거리는 소리가 났다. 팀장이 음료가 담긴 컵의 뚜껑을 여는 소리였다. 그는 발표 일을 딱 일주일 남겨둔 3일 전 점심시간부터 쓰디쓴 카카오 초콜릿을 씹고, 음료를 마셨다.

"홍지야! 설마 팀장님 민트초코를 먹는 것 말이야. 혹시 민트색 집착이랑 관련 있는 걸까?"

"에이 설마…. 팀장이 집착하는 건 색깔이잖아. 저건 음료인 걸?"

"저것도 민트야. 민! 트! 초! 코!"

"아니겠지! 그래도 네 예상이 맞다면, 정말 재미있는 분인 것 같기는 하다."

번뜩 눈이 떠졌다. 시간을 확인해 보니 새벽 5시 31분. 조금 더 잠을 청해 볼 요량으로 덮고 있는 이불을 당겼다. 하지만 눈을 감을수록 눈꺼풀이 떨리며 잠이 멀어졌다.

"아 첫 PT도 아닌데 왜 이렇게 긴장이 되는 거야."

덮고 있던 것을 확 제치고 일어났다. 은은하게 분홍빛이 도는 셔츠, 남색 정장, 검은색 손목시계. 현관문을 열기 전 마지막으로 모습을 점검하려고 거울 앞에 섰다. 잠시 후인 오전 11시에 발표가 있었다. 팀장과 내가 회사에 들러 최종

점검을 하고, 팀원들과는 발표 장소에서 만나기로 했다. 팀장과 함께 발표 장소로 이동해야 했기 때문에 회사에 미리 가 있을 생각이었다. 그가 얼마 전 나를 따로 호출한 적이 있었다. 긴장한 것이 무색하게 듣게 된 이야기는 피식 웃을 만한 일이었다. 자신은 중요한 PT나 미팅이 있는 날 운전을 하면 매번 성공적으로 마무리하지 못하는 징크스가 있어서 운전대를 잡지 않는다고 말했다. 회사에서 자신을 태워서 가 달라는 말이었다. '색깔 집착에, 징크스에 참 다채로운 매력이다.' 속으로 말하곤 흔쾌히 받아들였다. 여유 있게 집에서 나와 회사로 가기 전 레모네이드 한 잔을 마실 생각이었다.

"레모네이드 한 잔이랑 시리얼 쿠키 두 봉… 잠시 전화 좀 받겠습니다."

"네 팀장님 저 지금 출근 중입니다. 네? 사… 사고요? 얼마나요? 많이 다치셨어요? 삼중 추돌이라고요?"

"홍지 씨 일단 진정해요. 나 괜찮아요. 그러니까 전화해서 상황을 전달하고 있지. 우선 출혈이 있어서 병원에 들렀다가 발표 장소로 갈게요."

"올 수 있으시겠어요? 어떡해요? 정말 어떡하죠. 팀장님?"

"아까도 말했지만 괜찮으니 진정해요. 만약 생각보다 상태가 좋지 않아서 가지 못해도 오늘 발표할 내용은 전부 공유했으니 다른 사람이 하면 돼요."

"네 알겠습니다."

"발표 장소로 먼저 가세요. 아! 그 전에 중요한 부탁 하나만 할게요. 내가 챙기려고 했는데 그러지 못하게 됐네. 어제 마지막으로 이미지 파일을 확인할 때 미세하게 선명하지 않은 부분이 있었어. 그래서 세팅을 다시 했는데 그 파일을 보내놓지 못했거든요. 색감 체크도 미리 하고 전부 미리 했어야 했는데 후회해 봐야 늦었지. 수정한 파일을 USB에 담아 놨어요. 내 자리 서랍 첫 번째 칸을 열면 사각형 녹색 금장 USB가 하나 있을 겁니다. 잊지 말고 그걸 꼭 챙겨야 해요. 그리고 다른 팀원들한테도 내 상황을 좀 전해 주세요. 아직 시간이 좀 남았으니 대책을 세우고 해결하면 됩니다. 아무 걱정 말아요."

전화가 뚝 끊겼다. 예상치 못한 상황에 불안해져 손을 떨다가 쥐고 있던 휴대폰을 놓쳤다. 마치 복통을 겪는 사람처럼 등줄기가 뜨겁고 축축했다. 휴대폰을 주우려 몸을 숙이는데 머리가 앞으로 쏠리듯 어지러웠다.

'서랍 첫 번째 칸 녹색 금장.'

벌컥 카페 문을 열고 빠르게 달렸다. 바람이 쏴 하고 얼굴에 붙은 머리카락을 떼어 내니 목덜미에 작은 소름이 돋았다. 아무리 업무의 메커니즘을 알 것 같고, 팀장의 히스테리를 감당할 줄 알아도, 나는 겨우 2년 차 사원이었다. '그것 봐 아직은 어렵지?' 하고 어떤 목소리가 불쑥 올라왔다. 가죽 케이스에 고이 담은 USB를 한 손에 꼭 쥐고 팀원들에게 연락을 취했다. 단체 채팅방에 띄운 말풍선의 읽음 표시가 빠르게 줄어드는 것을 확인하며 한숨을 돌렸다. 목에 돋은 소름이 사라지지 않아 문지를 때에야 떠오르는 것이 있었다.

"아! 내 레모네이드!"

다시 달릴 준비를 했다. 이번 목적지는 카페였다. '이홍지 대체 정신을 어디에다 두고 다니는지 아주 잘하는 짓이다.' 나는 고개를 푹 숙이고 스스로를 꾸짖었다.

"어서 오세요. 두잇커피입니다."
"조금 전에 레모네이드 한 잔과 시리얼 쿠키 두 봉지를 주문했었습니다. 혹시 나왔을까요? 먹튀를 하려던 것은 절대, 절대로 아닙니다. 정말 급한 전화를 받고 처리하다가 깜빡 잊었어요. 정말 죄송합니다."
"아 나왔습니다. 급하게 나가시는 것을 보고 깜짝 놀랐어요. 잠시 기다리시면 얼음만 넣고 계산하겠습니다."
"네 정말 감사합니다."
"바쁜 일이 있으신가 봐요. 이렇게 분주해 보이시는 건 처음이에요."
"그러게요. 항상 점심시간에 와서 그런가 여유가 있었는데 오늘은 상황이 다르네요. 회사에서 중요한 발표가 있는 날이라 늘 먹는 레모네이드를 한 잔 마시고 집중하려고요."
"총 만삼천 원입니다. 발표 힘내세요!"

레모네이드를 받아 드는 순간 어깨에 걸친 가방이 스르르 흘러내렸다. 잠시 옆에 내려두고 트레이를 챙기는 찰나에 주머니 속 전화가 울렸다. 힐끔 발신자를 확인하고 다시 넣어두었다. '우선 가방부터 챙겨야지.' 하는 순간 밖에서 빠앙! 소리가 들렸다. 아주 날카로워 어깨가 움츠러들 지경이었다. '불협화음이란 것을 시각적으로 나타내면 딱 이 모습이겠구나.' 하는 생각이 들었다.

"어머 제 차인가 봐요. 남의 가게 앞에 너무 오래 세워 뒀지. 금방 뺄게요."

여전히 울리는 진동, 컵 속에서 찰랑거리는 얼음, 귀를 찢는 경적. 오감이 소리를 바락바락 질렀다. 유리가 으깨지는 불쾌한 환청까지 들렸다. 등 뒤 식은땀은 기어코 나를 다 적실 작정이었다.

"그럼 수고하세요."

감각이든 소음이든 무엇이든 좋으니, 조금이라도 희미해지기를 바랐다. 나를 애타게 부르는 직원의 목소리도 듣지 못하고 카페를 나섰다. 본격적인 하루가 시작되기도 전에 이미 체력과 정신력이 모두 바닥났다.

"하아…. 제발 가자 이젠."

앞으로 도착까지 16분. PT가 시작되기까지는 1시간 10분이 남았으니 충분히 여유롭겠구나. 아침에 가지지 못한 여유를 발표장에 도착해서 조금 느낄 수 있겠다는 생각을 하며 운전했다. 내 앞으로 끼어들고 싶어 하던 차를 한 번은 양보해 주었다. 평소 같으면 하지 않는 행동이었다. 오늘 계획한 일을 착착 해내는 나의 모습이 마음에 들어서 콧노래가 나왔다. 아침부터 팀장님을 대신해 급한 일을 처리했다. 그리고 맛있는 레모네이드도 마셨다. 이제는 늦지 않게 장소에 도착할 차례였다. '오늘 하루 나쁘지 않네.' 중얼거리며 신호등을 바라봤다. 예상했던 대로 알맞게 도착하니 마음이 흡족했다.

"후, 도착했으니 립스틱이나 다시 발라야겠다. 도대체 입술을 얼마나 깨문 거야."

옆 좌석에 둔 가방 속 파우치를 꺼내려 고개를 돌렸다. 내가 인지한 상황이 현실인가 하고 좌석을 손으로 훑어보았지만 있어야 할 것이 없는, 빈 의자만 보였다. 다시 눈을 감다 뜨고, 도리질했지만 여전했다. 유난히도 걸리지 않던 신호는 이 일에 대한 위로였을까, 경고였을까.

방금 전까지 나쁘지 않던 하루는 지금, 이 순간. 그러니까 가방이 없다는 것을 깨달은 그 순간. 끝났다…!

오늘은 오전에 근무하는 직원과 시간을 바꾸어 일했다. 오후와는 다르게 학생이나 중장년층보다 유모차를 탄 아기들이 많이 보여서 이 또한 좋았다. 카페라테를 주문받고 잠시 여유가 생겨 쉬고 있으니 금세 문이 열렸다. '어? 저 손님이 이 시간에 오시나?' 평소엔 점심 무렵 차분한 얼굴로 천천히 문을 열어 오시는 손님이었다. 늘 착용하던 하늘색 대신 검은색 손목시계, 베이지 톤 대신 남색 정장이 눈에 띄게 어울렸다. 평소보다 좀 더 이지적인 분위기를 내뿜었다.

"시리얼 쿠키도 두 봉지 주⋯."

손님은 말을 하다말고 전화를 받더니 하얗게 질린 채 손을 떨었다. 자세히 알 수는 없지만 휴대폰 너머에서 일어난 일 안으로 빨려 들어간 것 같았다.

"잠시만 기⋯."

당연히 내 말이 들리지 않았겠지. 손님은 떨어진 휴대폰을 줍고 급히 카페 밖으로 나갔다. 너무 세게 열린 문 때문에 나도 덩달아 바람을 맞았다.

"갑자기 나가셨네. 어떡하지 다시 오시려나? 다시 오셔

라. 다시 오셔라."

 레몬청이 담긴 컵을 멀뚱히 바라봤다. '탄산수와 얼음을 미리 담아 두면 시원한 맛이 다 사라질 텐데.' 잠시 컵을 미뤄두었다. 다시 오신다면 그때 얼른 담아드릴 생각이었다.

 반가운 얼굴이 다시 가게 문을 열었다. 먹튀가 아니란 말에 전신으로 웃음이 퍼졌다. 손님이 음료 트레이를 쥐자마자 다시 손님의 휴대폰 진동이 울렸다. 손님이 메고 있는 가방이 어깨에서 점점 내려오자 나는 최선을 다해 눈짓으로 신호를 보냈다. '괜찮으니 여기 잠깐 가방을 내려두세요.' 그 순간 크게 울리는 경적에 시선이 창 너머로 향했다. 가게 앞에 세워진 작은 차를 향해 큰 차가 클랙슨을 쏘는 소리였다. 가게 앞에 정차된 차가 마치 어른의 꾸지람을 듣는 아이 같아서 애처로웠다. "어!" 하는 소리가 들렸다. 고개를 돌리니 차의 주인이 내 앞에 있었다. 손님은 잔머리까지 다 젖어 누가 봐도 제정신이 아닌 사람처럼 보였다. 곧 큰 일이 들이닥칠 것처럼 비장하게 카페 문을 열고 나갔다. 밖을 보니 트레이를 든 채 주머니에서 열쇠를 꺼내고 있었다. 이마에서 흐르는 땀방울이 눈에 보일 정도로 급박했다. 출발하려 하는 차를 멍하니 바라보다가 두 눈을 비비며 주문대 가까이로 향했다. 하얀색 저 물체… 살짝 주름져 있는 가죽. 이럴 수가 정말 이럴 수가! 아까 내려둔 그 가방이었다. 안에는 하늘색 파우치 하나가 들어 있었고, 여러 가지 화장용품과 작은 가죽 케이스가 보였다.

"오늘 중요한 발표가 있다고 하셨는데 설마 이 안에 중요한 자료가 들어 있을까?"

내가 발표 당사자라도 된 것처럼 안절부절못했다. 자식의 소풍에 도시락을 챙겨 보내지 못한 부모가 된 기분이었다.

"어떡하지? 다시 가지러 오실까? 여기에 두고 갔다는 걸 모르시는 건 아니겠지?"

초조한 마음으로 시계를 힐끗거렸다. 시간에게 이 일은

남의 사정인 것처럼 바늘이 부지런히 움직였다. '왠지 이번에는 다시 가지러 오지 않으실 것 같다. 전할 방법을 찾아야 해.'

주문대 주변을 이리저리 돌아다니다가 불현듯 걸음을 멈추었다.

"잠깐만…. 지금 이 행동. 내가 너무 오지랖이 넓은 건가? 에이 아니야. 그렇더라도 확인해 보아야겠어. 별로 중요하지 않으니 괜찮단 이야기를 듣는 게 낫지. 오늘 그 손님. 필요하지 않은 물건을 지닐 여유는 없어 보였단 말이야."

방법을 생각해야 했다. 입술을 몇 번, 손톱을 몇 번 잘근잘근 씹었다. 연락을 해야 하는데 정작 연락처를 몰랐다. 우왕좌왕하던 그때 손님의 카드지갑이 떠올랐다. 정확히는 분실물로 들어왔던 카드지갑 속 명함이 머릿속에 그려졌다. '거기에 적혀 있는 전화번호를 떠올려 차이윤!' 다행히 카페 안에 있던 손님은 한 테이블뿐이라 할 수 있는 일이었다. 맞는 번호로 전화를 걸고 있는 것인지 확신할 수 없었다. 드르르르 하는 신호가 세 번째를 지나갈 무렵 목소리가 들렸다.

"여보세요."

가방이 없다. 내 차 조수석에 마땅히 있어야 할 단 하나. 가방이 없다. 덧바를 화장품은 없어도 된다. 다 괜찮았다. 문제는 그 안에 오늘 사용할 자료가 있었다. 이건 사건이다. 내가 눈치 채지 못하는 사이에 사건이 이미 일어나고야 말았구나. 생각했다. 방금 전까지 아우성치던 내 눈과, 귀와, 입과 머리는 작동할 줄 모르는 녹슨 고물이 된 듯 아무 소리도 내지 못했다. 안 들리고 안 보이는 장님의 상태였다.

"어떻게 하지? 어떻게 해야 하지."

어디에 두고 온 것인지도 기억이 나질 않았다. '카페인가?' 운전대에 머리를 기대어 겨우 숨을 쉬었다. 어떻게 이런 실수를 하느냐는 자책도 아직은 순서가 아니었다. '악!' 하고 소리를 빽 질렀다. 평소에는 아기의 발소리만큼 작던 벨소리가 지진 경보음처럼 크게 들렸다.

"여보세요"
"어! 여보세요! 여기 두잇커피인데요! 방금 전에 음료랑 시리얼 쿠키를 구매해 가셨죠?"
"네 그런데요."
"하얀색 가방을 여기에 두고 가셨어요. 오늘 발표가 있다고 하셨잖아요. 혹시나 필요하실까 봐 연락드려요."

꽁꽁 언 몸에 따뜻한 차 한 모금이 넘어가듯 몸이 떨렸다. 그제야 타이밍이라 여겼는지 눈이 말랑해졌다.

"지… 지금 우세요?"
"너무 당황하고 놀라서 어떻게 해야 한다는 판단을 내리지도 못했어요. 당장 사라지고 싶었어요. 저… 저한테 너무 큰 일이 달렸거든요."

"그래도 울지 마시고 우선 가방부터 찾으세요."

눈물을 닦다 만 찐득한 손목에 감긴 시계를 확인했다. 발표까지 남은 시간은 54분. '최소 15분에서 20분 전에는 모든 팀원이 도착하겠지.' 팀장님이 오신다면 USB부터 찾으실 것이 분명했다. 그렇다면 내게 남은 시간은 대략 54분. 아니 아니지 34분뿐이다. 공상 만화를 떠올릴만한 상황은 아니었지만 문득 이런 생각이 들었다. '3초 만에 장소를 바꾸며 이동할 수 있는 수단이 아직도 발명되지 않았다니.' 애먼 과학기술까지 원망스러웠다.

"정말 죄송하지만 혹시 퀵 서비스로 배달이 가능할까요? 돈은 제가 지불할게요. 다시 가지러 가기에는 시간이 부족해서요. 꼭 좀 부탁드립니다."

나는 오토바이에 실려 오고 있는 가방을 당장이라도 낚아

챌 듯이 주차장을 서성였다. 이제는 움직일 때마다 똑딱거리는 구두굽 소리도 굉음처럼 느껴졌다. 사실 지금 가장 시끄러운 건 바로 내 속이었다. 휴대폰이 울리기에 빠르게 켜보았다. 곧 팀원들이 도착한다는 내용의 메시지였다.

"아 미치겠네, 정말."

이 일이 달리기 계주였다면 그저 앞으로 뛰어나가기만 해도 되었다. 하지만 이건 결승선이 없는 일이다. 내가 앞으로 향할 일이 아니라 나를 향해 와야 할 오토바이만 있을 뿐이다.

'제발 빨리 와주세요 기사님 저 좀 살려 주세요.'

멀리서 드르릉거리는 소리가 희미하게 들렸다. '보인다! 나의 결승선이!'
눈물이 포도알처럼 그렁그렁하게 맺힌 줄도 모른 채, 흐트러졌던 숨을 다독이려 가만히 섰다.

"여기에요 여기!"

크게 외치던 나의 목소리와 움직임이 슬로우 모션처럼 느껴졌다.

'살았다 살았어.'

"이번 프로젝트의 핵심은 소비자와의 직접적인 감성 연결입니다. 저희는 브랜드의 메시지를 일방적으로 전달하는 것이 아니라, 소비자 개개인이 직접 참여해 상상력을 발휘하…."

어두운 회의실 안에 빔 프로젝터가 선명히 우리의 결과물을 비추고, "진행합시다!"라는 말까지 들었음에도 실감이 나지 않았다. 팀장님이 두 손을 모으고는 "됐다!"라고 외칠 때에야 웃었다. 이 하루의 엔딩이 정해지는 순간이었다. 모든 일정을 마치고 난 뒤 집에 도착하기 전에 카페에 들렀다. 가게 앞에 차를 세워두고 우산을 펼쳤다.

카페에서 나를 맞는 건 오전과 다른 직원이었다. 따뜻한 카페모카를 한잔 포장하고, 다른 차가 오진 않을까 두리번거리며 문자를 보냈다.

'저 이홍지입니다. 덕분에 발표 무사히 잘 마칠 수 있었습니다. 은인이세요. 인사드리려 카페에 왔는데 안 계셔서 문자 남겨요. 다음 주에 얼굴 뵙고 다시 인사드리겠습니다.'

빗방울이 분주히 창을 채웠다.

"날씨는 오전이 훨씬 쨍했는데도 비가 오는 지금이 훨씬 더 좋은 것 같아."

언뜻 보기에는 나름 평화가 지켜지던 며칠 같았다. 민트색 메모지나 펜을 찾겠다고 팀장이 책상 아래를 기는 일은 없었다. 그럼에도 여전히 와그작 소리를 내는 것이 나의 인내심인지 입속 얼음인지 구분하기가 어려웠다. 팀장의 자리가 있는 방향을 불이 일 듯 쏘아보며 얼음을 씹었다. 치과 치료를 더 오래 받는 한이 있어도 포기할 수 없었다. 10분 전쯤 울린 사내 메신저의 내용 때문이었다.

"홍지야 내가 들은 이야기가 있어."
"무슨 이야기?"
"우리 PT 날 있던 일 같아."
"혹시 그때 팀장님 착장 기억 나? 검은색 셔츠에 회색 정장을 입으셨잖아. 박 대리님이랑 내가 속으로 '오! 오늘은 민트색이 없다!' 생각했거든. 사실 그날도 민트색 셔츠를 입으셨대. 그런데 택시에 가지고 탄 텀블러가 흔들리면서 물이 쏟아졌고, 소매가 조금 젖은 거야. 그 길로 차를 돌려서 옷을 싹 갈아입으신 거래. 팀장님은 본인이 추구하고 만족하는 명도와 채도가 있으신 것 알지? 옷이 젖으면서 그게 달라진 것 같아. 차가 과속 카메라에 찍혀도 책임을 지겠다고 했대. 너랑 약속한 시간에 늦을까 봐 서두르다가 사고가 난거고."
"뭐? 말도 안 돼. 근데 넌 이 얘기를 어디서 들었어?"
"그게 지금 뭐가 중요해."

힘이 추욱 빠져 더 묻지 않았다. 팀장은 발표에 늦지 않았다. 작은 상처들이 팔 곳곳에 보였지만. 적당한 미소로 모두를 집중하게 만들었고, 우리는 눈빛을 교환하며 홀가분함을 느꼈다. 발표 전에 있었던 해프닝 따윈 기억나지 않을 정도였다. 팀장은 다음 날 어깨에 붕대를 감고 출근했는데 그 모습이 너무나 프로페셔널 해 보였다. 처음으로 팀장이 존경스럽다고 생각했다. 하지만 메신저의 내용을 보고 모든 것이 휘발되었다. 초코칩만 한 작은 짜증까지 마음에 다시 박히는 중이었다. 그날 팀장이 차를 돌리지 않았다면 사고가 나지 않았을까. 팀장이 나와의 약속에 맞춰 회사에 잘 도착했다면 어땠을까. 내가 USB를 챙기느라 여기저기 뛰어다닐 일도 없었을 텐데. 그날을 거스르다보니 가는 길에 나누어 먹으려고 샀던 쿠키까지 떠올랐다. '뭐 하러 두 봉지나 샀을까 먹지도 못했을 걸.' 그에게 가졌던 존경의 마음이 지나가는 가을보다도 빠르게 사라졌다. 찐득한 주스가 아니라 물을 조금 흘린 것도 못 참으시는 걸까. 참기 어려워한다는 걸 백번쯤 이해해도 중요한 날에는 인내심을 보이셔야 하지 않았나. 원망해 봐야 소용없는 일이란 것을 알면서 그날을 자꾸 재구성했다. 젖은 민트색 셔츠를 보며 발작을 일으켰을 팀장님이 거북하고 기괴하게 느껴졌다. 예전과는 다른 느낌이었다. '내가 견딜 수 없는 사람'이라 칭하곤 하는 유형의 기준점이 되는 이가 바로 저 사람이라는 것을 깨달았다. 이상한 사람, 책임감 있는 사람, 이상하지만 책임감 있는 사람. 양립할 수 없을 것 같아 보이는 극단이 마주하고 있었다.

"홍지 씨, 팀장님이 찾는다!"
"네."

팀장의 자리를 힐끗 살피니 내선 전화를 귀에 대고 웃으며 맞장구를 치고 있었다. 민트색 펜을 찾을 때처럼 입을 우악스럽게 벌리거나, 정수리와 눈썹이 닿도록 힘을 줘 눈을 뜨지도 않고, 그저 입술이 살짝 올라간 미소를 짓고 있었다. 팀장을 모르는 사람이 보았다면 열에 일곱 정도는 신뢰를 가질 인상이었다. 펜 하나를 찾겠다고 책상 밑을 기고, 사고가 나도 표내지 않은 채로 발표를 마무리하는 사람. 저 평온

한 얼굴 안에 또 다른 집착의 얼굴이 숨겨져 있는 것을, 집착하는 마음 옆에 책임을 다하는 마음이 있다는 것을 겉만 보고서는 아무도 모르겠지. 그건 아무도 모르는 것이구나. 눈으로 보이는 것이 어떤 모습이든 너무 고까워하지도, 너무 사랑하지도 말자. 싶다가 결국 다다른 생각의 고지는 너무 미워하지 말자는 것이었다. 다 아는 것 같아도 알고 보면 우린 저마다 얇고 두꺼운 껍질에 싸여 있는 상태인지도 모르지. 생각하며 그에게 다가갔다.

설경은
휘핑크림 맛

이런 풍경이 펼쳐질 것이라는 예고도, 표지판도 없이 한가운데를 지나는 중이었다. 삶에서 오는 예상치 못한 기쁨처럼, 시작점은 명확하나 끝점은 흐릿한 슬픔처럼.

날이 좀 풀린 것 같다고 느끼자마자 한기가 몸을 둘러싸 급히 목도리를 꺼냈다. 4년 전에 친구 세영이가 생일 선물로 준 것이다. 내가 좋아하는 연한 주황색을 찾겠다며 가게를 세 곳이나 돌았다고 했다. 첫 번째 가게의 목도리 색은 너무 밝았고, 두 번째 가게의 것은 내 얼굴빛을 다 죽일 것 같아 세 번째 가게에서 겨우 살 수 있었다고 생색을 냈다.

"어렵게 산 것이니 15년은 사용해. 잃어버리지 말고 꼭!"

이 목도리 하나를 두르는데 그 아이의 목소리가 들리고 표정이 보인다. 그날의 날씨가 어땠는지도, 그날 어떤 옷을 입었는지도 모두 떠올랐다. 이것이 문제라면 문제였다. 내 기억은 털실로 정갈하게 짜이는 뜨개질과 달랐다. 한번 떠올리기 시작하면 올이 나가듯 당겨지다가 결국 풀려 헝클어졌다. 도무지 수납 되질 않았다. 기억의 성질이 어떻든 찬바람처럼 생생하게 피부에 닿았다. 나는 늘 머무른 그 자리에서 움직이지 못했다. 기억이 갑자기 툭 튀어나올 때마다 물속에 서서 아래를 내려다보는 것처럼 아찔했다. 기억과 감정으로부터 멀어지는 것이 너무나 어려웠다. 기쁨이 되지 못한 채 망에 걸러진 기억을 떠올릴 땐 멀미가 날 정도였다. 차라리 배에 타고 있는 것이라면 뛰어내리기라도 할 텐데 내가 딛고 있는 것은 늘 딱딱한 바닥이라 절망했다. 땅을 짚고 있으면서도 울렁였다. 나와 비슷한 또래의 사람들을 볼 때 유독 더 그랬다. 카페에 대학생으로 보이는 다섯 사람이 왔다. 주문받은 아이스티를 만들며 그들을 바라보니 어떤 기억이. 기억이라기엔 너무나도 현재의 문제가 다시 흐르려 했다. 여기선 안 돼. 나중에. 조금만 더 나중이어야 해. 틀어막을 수가 없어 중얼거렸다. 집으로 달려 도착하자마자 세면대에 물을 가득 담았다. 팡팡 손장난을 하다 보니 나는 또 기억의 물살을 정면으로 맞았다. 마치 카메라 셔터를 누른 것 같았다.

예전의 난 사진을 찍는 사람이고 싶었다. 스무 살. 대학에서 마음껏 유영해야겠다는 생각이 있었다. 사진과 관련한 공모전이라면 닥치는 대로 참여했다. 셔터를 울리는 순간이 단 한 번이라 해도 좋았다. 생각해 보니 피사체를 오래 들여다볼 수 있다는 것이 좋았던 것 같다. 눈에 비치는 대로 보고 넘기는 것이 아니라 대상을 쪼개보고, 초점을 잡아보고, 피사체와 나 자신에게만 집중하면 됐다. 눈앞에 뚜렷한 목표가 명확하게 존재하는 것이, 사실 그게 전부가 아니라 뚜렷한 것의 내밀을 살펴야 하는 것이 사진의 매력이라고 생각했다. 정말 감사하게도 결과물을 낼 때마다 실력을 인정해 주는 상장과 평판이 두터워져 갔다. 하지만 하나가 닫히면 하나가 열린다는 세상의 진리를, 하나가 열리면 하나는 닫힌다는 진리를 증명하듯 점점 눈을 감고 뜨는 시간이 구분되지 않았다. 외면해도 버틸 만했다. 내가 외면했던 것은 잠뿐만이 아니었지만 인정하고 싶지 않았다. 이런 생활을 해야 한다고 생각했다. 아주 작은 돌이 부서지듯이 촘촘한 생활을 해야 내가 원하는 것을 가질 수 있을 것 같았다. 원하는 것이 무엇인지 몰랐어도 무엇이든 모자란 것보다

넘치는 것이 낫다고 판단했었다. 내게 무엇을 꽉 붙들 손이 두 개임을 자주 잊었다. 그것을 생각하지 않은 채 여러 일을 꽉 쥐기 바빴다. 손에서 넘쳐 걸음마다 흐른 흔적을 남기고 있었다는 사실을 꽤 뒤늦게 알았다. 공모전 여러 개를 동시에 진행하며 학과의 평가 과제도 해결해야 했고, 하나씩 나열하기도 지치는 일들이 있었다(이 외에도 일상을 영위하는 일에는 상당한 에너지가 든다는 것을 이 때 알았다). 나는 하루에 20시간을 눈감지 못하는 사람이 되었다. 침대에 누우면 늘 베개 위에서 사람의 발걸음 소리가 들렸다(이것이 박동성 이명이라는 것을 나중에야 알았다). 이때의 나는 손에 쥔 무엇도 놓지 못했다. 늘 부어 있는 목과 이명을 궤적으로 여겼다. 내가 모든 것을 놓게 된 것은 내 의지가 아니었다. 손아귀에서 버티지 못한 것들이 스스로 떠났다. 어느 순간부터 사람의 목소리가 잘 들리지 않았다. 대화의 요점도 파악할 수 없었다.

"너 우리가 나눴던 수정 사항 반영한 거 맞아? 정말 진심으로?"

함께 공모전을 준비하던 사람들의 피드백이 걷잡을 수 없이 늘어났지만, 나는 반의반도 해결하지 못했다. 그러다 결국 모든 것으로부터 뒤돌았다. 가장 먼저는 함께하는 동료들에게 사정을 이야기했다. 두 부류의 반응이 나타났는데 어느 쪽이든 바늘 바닥을 구르는 기분을 느꼈다. 바늘을 뿌린 사람은 나이자 통증을 느끼는 사람도 나였다.

"정말 미안해."
"뭐? 그럼 진작 말을 했어야지! 왜 이제야 이야기하는 거야? 시간은 충분했잖아. 네가 아프다고 해서 일을 덜어줬고, 시간도 더 줬어. 너 참 무책임하다."
"어쩔 수 없지."

그 문자를 마지막으로 속해 있던 그룹에서 나왔지만, 끝이 아니었다. 내가 해내지 못하고 남겨둔 일들이 나의 성적표가 되었다. 나의 몫을 책임지고 해내지 못한 나는 스스로 부진아가 되었다. 그게 고통이었다. 끝인 줄 알았는데 시작이었던 일은 또 있었다. 내가 사진을 포기했다는 사실은 타인에게 즐거움이 되었다. 나에 관한 여러 이야기가 술자리 육포처럼 질기게 떠돌았다.

"너무 잘난 차이윤 아무리 날고 기어 봐야 그럴 줄 알았지."

대놓고 들리는 말들은 차라리 나았다. 문제는 일면식도 없는 선후배에게 소문으로 그려지는 내 모습이 너무나도 형편없다는 것이었다. 내가 소문에 대해 손쓸 수도 없다는 것. 이미 나는 그들에게 '그런 사람'이 되어 있었다(심지어 나는 이 사실을 한참 후에 전해 들었다). 한 후배에게서 포트폴리오에 관련된 조언을 구하는 연락을 받았을 때 알았다. 후배는 고맙다는 말끝에 한마디 더 붙였다.

"괜찮을 거예요. 힘내요. 언니."

그 말이 나를 한 번 더 아래로 밀어냈다. '아니 괜찮지 않아' 이제 헤엄칠 곳도 없단 말이야. 폭포를 거스르려는 사람처럼 버둥거리다 마모되었다. 물에 절었지만 결국 더 아래로, 아래로 낙하하며 마음은 형체를 잃었다. 자책과 분노가 폭포 아래 고일뿐이었다. 젖은 전신은 마를 기미조차 없었고, 피할 줄 몰랐던 물줄기의 통증은 여전했다. 몇 날, 몇 달 동안 마르기만을 기다리며 힘껏 웅크렸다.

'괜찮기는 뭐가 괜찮아 나 안 괜찮단 말이야 괜찮을 거란 말이 내 살갗을 헤집는 것 같단 말이야. 함부로 괜찮다는 말 하지 마. 그게 연고가 될지, 알코올이 될지 그건 아무도 모르는 거란 말이야.' 이불을 목 끝까지 덮고 웅얼웅얼 매일 외쳤다. 시원하게 떠들어버릴 곳은 내 침대 위 밖에 없었다. 그렇게 매일 쌓이는 속앓이를 덮고 누웠다. 나를 묵직하게 누르는 것이 마음인지 이불인지 알 수 없었다. 그렇게 한 달을 보내고 시작한 것이 카페 일이었다. 피사체를 바라보듯 손님들을 바라보게 되었다. 몸과 마음에 밴 습관이 여전히 나 여기 그대로야! 라고 외치는 것 같았다. 카페에 오는 손님들의 장신구, 특징, 옷을 입는 스타일이 렌즈를 대신한 눈동자에 섬세하게 담겼다. 울음에서 겨우 벗어나 하는 생각과 행동이 또 사진과 관련된 것이었다. 카페에서 대학생들을 자주 마주하는 요즘 다시 고통에 잠식되었던 시기를 떠올렸다. 덩그러니 좌절의 한가운데로 떠밀린 스스로를 남처럼 관망했다. 손에 쥔 것을 다 놓아주고 나서야 깨달은 사실이 있었다(그동안 난 무얼 했던 건지 이제야 뭔가를 깨닫고 깨우치기 시작했다). 나는 모든 걸 내려놓은 빈손을 가만히 두지 못했다. 대단한 문턱을 넘는 일이기라도 하듯 마음 편히 영화 한 편을 보기가 힘들었다. 재생 버튼만 누르면 시작되는 영상으로 넘어가기가 어려웠다. 겨우 영화를 보고 나면 여운을 느낄 새도 없이 오늘 하루 동안에 아무것도 한 것이 없다는 돌림노래를 불렀다. 카페에서 일을 한지도 벌써 두 달째였다. 소위 내게도 '아는 손님'이라는 안락함이 생겼다. 자주 찾으시는 메뉴가 무엇인지를 넘어, 이 카페에 들르는 시간이 일상의 어떤 시간대를 차지하고 있는지 같은 것들, 혹은 지난 며칠간 보이지 않았던 까닭 같은 것들. 그 첫 번째 손님이 승아 할머님이었다.

"어서 오세요. 두잇커피입니다."

"안녕하세요. 카푸치노 따뜻하게 한 잔 주세요."
"잠시만 기다려 주세요. 금방 드릴게요."
"고마워요. 그런데 오늘따라 예쁜 이윤 씨 얼굴이 좀 안 좋아 보이네. 무슨 일 있어요? 어디가 아픈 건 아니고요?"
"아프긴요. 그런데 오랜만에 오셨네요?"

내 말을 들은 승아 할머니는 살짝 미소를 짓더니 카운터 가까이로 다가왔다.

"맞아요. 얼마 전부터 헬스를 시작했거든요. 어깨 운동을 하는데 어깨에는 자극이 가질 않고 이상하게 목이 뻐근해서 한동안 아예 움직이질 못했어요. 오늘 선생님께 이 얘기를 하니 답하셨어요. 어디에 어떻게 힘을 줘야 하는지도 모른 채로 힘을 주면, 근육만 죄 없이 다친대요. 근육이 좀 놀랐나 봐요. 분명히 좋아지려고 하는 운동인데 아깝다는 생각이 들었어요. 나한테도, 내 몸에도요. 힘이 들어가고 빠져야 하는 곳을 정확하게 알아야 효과가 있다고 하시네. 그리고 또 하나 중요한 건 운동하면서 힘을 주는 것만큼 이완시

켜야 한대요. 아는 건데도 난 참 그게 안 돼요. 이완하지 않고 운동을 하면 당장은 힘이 솟고 효과가 있는 것 같아도 근육통을 달래는 시간만 배로 쓰게 되는 것 같아요."

말을 멈춘 승아 할머니는 주위를 둘러보더니 입술을 감춰 물었다.

"아휴 손님이 없다고 할머니가 말이 너무 많았죠? 예전에는 속으로 삼키기도 많이 삼켰는데 요즘에는 말이 자꾸 밖으로 흘러요."
"아닙니다. 금방 가져다드릴게요."
"아 그리고 그것도 하나 주세요. 루비쿠키요."

큽! 하고 웃음이 나오려는 것을 가까스로 넘겼다.

"르뱅쿠키 말씀하시는 것 맞죠? 같이 드릴게요."

그 후로 열다섯 명이 넘는 손님을 맞았지만 퇴근길에 곱

씹게 되는 목소리는 하나였다. '이완… 이완… 근육 이완.' 괜히 어깨를 들썩이며 걷던 길을 돌아 마트로 향했다. 이완시킬 근육은 없으니 기분이나 풀어 보자는 마음이 들어 망고를 샀다. 가볍게 살 가격은 아니었지만 이완을 명목으로 사니 한없이 값싸게 느껴졌다. 집에 도착해 곧바로 이불을 들썩여 안으로 들어갔다. 빨간색 접시에 담긴 과일이 유독 더 노랗고 진해 보였다. 포크를 망고에 갖다 대고 입을 크게 벌렸다. 조금이라도 빨리 '아는 맛'을 느끼고 싶었다. 예쁘게 잘리지 않은 망고들을 마구잡이로 입에 넣었다. 모양 따윈 아무래도 상관없었다. 넣자마자 혀를 적시는 달큰함과 밍글거리는 식감이 너무나 좋았다. 딱 두 입까지만 그랬다. 더 잘 익은 과일을 고르려 빛내던 눈의 빛이 꺼지듯 달콤함은 사라지고 쿰쿰한 곰팡이 맛이 혀와 목구멍에 만연했다.

"이럴 수가! 비싼 돈을 주고 사 왔는데 왜 이런 거지?"

비싼 돈을 주고 곰팡이 맛을 보았다는 것에 대한 오기였는지, 억울함이었는지 아니면 이조차도 즐거운 거리가 되었는지 이 저녁 이후 이 주에 한 번씩 과일을 사기 시작했다. 과일을 사는 것이 이완의 행위라고 할 순 없었지만, 목 끝까지 이불을 푹 덮고 보는 예능과 그 옆에 자리한 망고는 꼭 휴식이란 제목을 가진 그림 속 주인공이 된 것 같은 기분을 느끼게 했다. 아주 오랜만에 내 마음이 물 위에 떠 있는 배가 된 것 같았다. 물 위에서도 흔들리는 배의 무게처럼 괴로움과 자책은 무거웠어도 이 순간의 행복은 가벼웠다. 휴학 이후 처음으로 그저 물결 따라 흐르기만 하면 되었다.

  여전히 카페에서 손님을 맞으며 안부를 물었다. 부지런히 망고를 고르다 산책을 하고, 두툼한 니트들을 정리했다. 그 사이에 카페엔 새로운 손님이 몇몇 왔다. 그 중 한명은 단발머리를 질끈 묶고 항상 따뜻한 카페라테 한 잔을 주문했다. 들어오자마자 카드를 먼저 내밀었다. 말을 할 때는 목소리가 떨렸다. 손도 조금 떨고, 눈썹도 떨었다. 목소리도 크지 않았다. 주문을 한 후에는 뒤돌아서 크게 한숨을 쉬었다 (꼭 발표를 끝마친 사람처럼 숨을 내보내는 것 같았다). 그래서 일부러 아무 말도 하지 않았다. 머리를 자른다거나 손톱의 매니큐어 색이 바뀔 때마다 더 굳게 입을 다물었다. 말을 건 그날 이후 다른 카페로 옮겨갈지도 모르겠다는 나 혼자만의 확신이 있었다. 오시는 손님마다 나의 모습도 달라졌다. 하루에도 여러 번 그냥 차이윤이 아니라 말 많은 카페직원, 말 없는 카페직원이 번갈아 나타났다. 이렇게 지내다 오랜만에 아무 일정도 없던 주말, 이불을 빨아 널었다. 휑한 침대에 멍하니 누워 있으니 아무래도 허전해 밖으로 나왔다. 다녀오면 바삭하게 말라 있을 이불을 덮고 누울 계획이었다. 집에서 나와 노래방으로 향했다. 노래를 세 곡 정도 부르니 몸에서 열도 나고 목도 뜨거워져 무작정 걸었다. 집으로 돌아가면 곧바로 몸을 늘어뜨려 잠을 청할 참이었다. 오로지 보송한 이불에 감싸여 있을 그 흡족함을 위해 이렇게 몰아붙이고 있는 것이다. 신발을 질질 끌며 걷다가 숙인 고개를 들었다. 한 카페 옆을 지나고 있었고, 그때 마침 문이 열렸다. 아주 크게 웃으며 두 사람이 나왔다. 그들의 웃는 얼굴을 보다가 시선을 조금 내리니, 손에는 포장한 음료가 들려 있었다. 그 모습을 보다가 나도 얼결에 카페 출입문을 열었다.

"아이스 모카라테 한 잔 주세요. 휘핑크림도 잔뜩 올려서요."

카페의 내부는 밖에서 느꼈던 것보다 규모가 작았다. 특이하게도 모든 테이블이 타원 모양이었다. 으레 알고 있던 카페 테이블 사이즈와 비교하면 조금 큰 편이었다. 노트북과 태블릿을 펼쳐 두고 벌컥벌컥 아메리카노를 마시는 학생들이 많았다. 그 사이에서 바쁠 것도 없던 나는 구석에 자리를 잡았다. 어지러운 분위기에 테이크아웃을 했어야 했나 잠깐 후회했지만 곧바로 픽업 벨이 울렸다. 길고 높게 쌓인 휘핑크림을 보고 웃으며 자리로 돌아왔다. 앉자마자 바로 테이블 옆에 떨어진 물건을 주워 올렸다. 은색 커버로 된 다이어리였다.

"분실물인건가?"

버클을 풀어 보려다가 생각을 바꾸었다. '남의 물건을 열어 봐서 뭐 해. 이 카페나 우리 카페나 분실물이 나오는 건

똑같구나.' 음료를 한 입 맛 본 그때, 톡톡거리는 발소리가 들려서 고개를 살짝 돌렸다.

"어? 여기서 만나네요. 두잇커피…. 맞죠?"

상대방이 먼저 내게 말을 건넸다.

"어? 안녕하세요! 이 카페도 자주 오시나요?"
"자주는 아니고 가끔 옵니다. 여기서도 레모네이드를 마셔요."

그의 말에 아까 카페 밖을 나가던 여자들처럼 크게 웃었다. 나는 이홍지를 레모네이드의 대명사로 여겼다.

"오늘도 레모네이드를 드시러 오셨어요?"
"아니요 아까 다른 음료 픽업했어요. 여기에 물건을 두고 간 것 같아서 찾으러 왔어요."
"물건이요?"

"아."

크지 않은 목소리로 짧은 탄식을 뱉었다.

"제가 여기서 다이어리를 썼거든요. 어제 산 다이어리인데요…."

그녀는 무엇이 떠오른 건지, 민망한 건지, 무엇이 떠올라 민망한 건지 푸흐 소리를 냈다.

"저번 PT 날도 그렇고 오늘도 저 원래 물건 쉽게 두고 다니는 사람이 아닌데 민망하게 자꾸 이런 모습만 보이네요."
"다이어리요? 혹시 어떻게 생겼어요?"
"음 태블릿 크기고, 색깔은 은색이에요"
"잠시만요."

말을 마치고 테이블로 시선을 옮겼다.

"혹시 이 다이어리인가요? 제 자리 근처에 떨어져 있었어요. 카운터로 가져다 둘 참이었고요."

쌍꺼풀 없는 눈이 동그래졌다.

"맞는 것 같아요!"

다이어리의 버클을 풀더니 종이를 몇 장 넘기곤 말했다.

"제 것 맞아요! 아 다행이다! 방금 제가 한 이야기. 물건 쉽게 두고 다니는 사람이 아니란 말 취소할게요. 매번 제 물건을 찾아 주시네요 감사해요."
"찾으셔서 다행이에요."

그 말을 하며 빨갛게 변하는 얼굴이 사랑스러웠다. 표정이 그대로 드러나는 사람이란 생각을 늘 했었는데 오늘 더욱 확신했다.

"저 혹시 불편하지 않으시면 저랑 케이크 드실래요? 저번에 중요한 가방 찾아 주신 것도 그렇고 오늘도 너무 감사해서요. 매번 말로만 넘긴 것 같아서 그래요."

그의 말을 들으니 어떤 내가 수면 위로 올라오려 했다. 처음 보던 사람과도 스스럼없이 대화하는 차이윤, 사람을 알아가는 것은 결국 자기 자신의 취향을 더 깊이 파내는 것이라 말하고 다니던 차이윤, 세 시간을 한 시간처럼 수다를 떨던 차이윤이. 처음 보는 사이도 아니고 일주일에 두 번씩 인사를 나누던 사람이었다. 나는 물속에서 나를 꺼내주기로 했다.

"좋아요."

아메리카노 한 잔, 고구마 생크림 케이크 두 조각이 추가로 테이블에 올려졌다. 우리는 그 후로 한 시간 정도 대화를 나눴다. 레모네이드걸이 나보다 3살 많은 언니라는 것, 다양한 SF 영화를 알고 있다는 점이나, 크림 스파게티보다는 알리오 올리오를 더 좋아한다는 취향은 우리를 친구로 엮는 고리가 되어 주었다. 마지막엔 정식으로 번호를 교환하고 언니와 동생으로 호칭도 바꾸었다. 그 이후로 우린 자주 만나 밥을 먹었다. 식사를 하면서 심오한 대화나 생각을 나누지는 않았다. 대부분은 회사 일이나 나의 일상생활, 취미에 관한 것이었다. 우린 서로에게 가장 반응 좋은 청자가 되어 주었다. 그래서 작은 에피소드라도 설레는 마음으로 꺼내 놓았다. 참 신기한 인연이었다. 다음 만남을 기약하는 우리의 마무리는 늘 한결같았다. 언니는 가끔씩 미리 문자를 주기도 했다.

"이윤아, 나 오늘은 레모네이드 안 마실래."
"그럼 뭐 마실래?"
"음 아이스 아메리카노 한 잔이랑, 딸기라테 한 잔."
"준비해 둘게. 같은 시간에 오지? 점심 때 봐."

사이가 가까워지고 난 후엔 오히려 카페에서의 간단한 대화가 줄었다. 언니는 "간다!" 하는 작은 소리를 내며 나갔다. 원래도 응대가 어려운 손님이 많은 카페는 아니었기에 크게 힘든 일은 없었지만 이제는 즐거움이란 새로운 기분이 생겨났다. 오늘도 언니와 약속이 있었다. 꽃 한 송이를 선물로 사갈 생각이었다.

"어서 오세요! 오늘의 꽃입니다."

내가 매일 외치는 것과 비슷한 말을 상대에게 먼저 들으니 조금 어색하고 머쓱했다. 분홍색 포장지에 싸인 꽃을 들고 길을 걸었다. 한참을 걷던 중 반가운 것을 만난 표정을 지었다. '왕관차다! 왕관차가 지나간다!' 속으로 크게 외치곤 깔깔 웃었다. 꽃집에서 우연히 듣게 된 대화가 떠오른 탓이었다.

"네 어머니 매번 감사해요. 요즘 할머니랑 같이 카페 가는 게 아이의 재미인가 봐요. 잠을 자려고 방에 들어가면 마시고 싶은 카페 음료를 한참 동안 이야기 하다가 잠들어요. 저희 차에는 없는 왕관이 할아버지 차 위에는 달려 있어서 좋다고 하네요. 처음에는 차에 달린 왕관이 뭔지 몰라서 애를 먹었거든요 한참을 가만히 듣다가 그제야 알았어요. 아버님 차에 달린 택시 갓등이 왕관처럼 보인 모양이에요. 요즘은 아이 표현을 따라갈 수가 없다니까요. 게다가 아직 원하는 걸 또박또박 표현하지 못하면서도 무슨 할 말이 그렇게 많은지! 알아듣느라 아이 아빠나 저나 매일 퀴즈를 푸는 기분이 들어요."

대화를 듣자 루비쿠키를 찾던 손님이 떠올랐다. 그 손님 덕분에 지금처럼 아이의 말에 당황스러워하는 부모의 마음이 이해되었다. 15분이나 일찍 출발했음에도 나를 기다리는 사람은 언니였다. 다이어리에 무언가를 적고 있었다.

"언니!"
"왔어?"

나를 돌아보는 언니의 얼굴이 조금 이상했다. 동그란 눈은 그대로였지만 스콘처럼 퍼석해 보였다. 오늘따라 눈동자가 차분했다.

"언니 무슨 일 있어?"
"아니 없는데 왜?"
"아니야 그냥 오늘따라 콕 집을 수 없게 고요해 보인다고나 할까. 내 기분 탓일 수도 있고."
"그래? 티가 나나보다. 너는 못 속이겠어."
"무슨 일이 있는 게 맞구나."
"큰일은 아니야. 회사에서 실수를 했거든 근데 그게 단순한 실수가 아니라서 그래. 그냥 서류에 오타가 있거나, 출력 실수 같은 거라면 '그럴 수 있지.' 하고 넘어가겠는데 그런 차원이 아니었어. 그날, 마음이 짓물러서 울다가 엄마한테 전화를 했어. 대뜸 전화해서 '나는 왜 이 모양이야, 참 멍청하고 보잘 것 없다, 이 정도로 실력도, 능력도 없는 줄 몰랐다.' 한바탕 쏟아 냈지. 나를 이루고 있는 모든 게 형편없구나라고 두 눈으로 확인한 기분이었어. 내 말을 한참 듣기만 하던 엄마가 뭐라고 하시는 줄 알아?"

언니는 말을 잠시 멈추고 손가락으로 톡톡 컵을 두드렸다. 언니가 묻자 그제야 나도 눈을 한번 깜빡이며 물었다.

"뭐라고 하셨어?"
"일을 잘 해내는 것이 물론 중요하지만 일은 나 자신이 아니라는 걸 일깨워주셨어. 일은 나를 이루는 것 중 하나일 뿐이라고 하시더라. 일과 나 자신을 동일시하면 안 된대. 나를 이루는 모든 것 중 어느 하나에도 잡아먹히지 말라고 했어. 나는 한 덩어리로 이루어진 존재가 아니고, 갈래갈래 여러 가지 내가 있는데 그것들을 다 무시하고 특정한 한 면만으로 내 존재 전부를 부정하는 건 너무 큰 실수래. 물론 당연히 쉽게 할 수 있는 일은 아닐 거야."

언니가 하는 말을 그대로 읊조렸다. 갑작스레 목이 메어 고개를 쳐들었다. 언니가 톡톡 건드린 건 컵이 아니라 고개 돌린 내 과거였는지 고름이 흐르듯 눈물이 터졌다. 눈물 덩어리가 자갈의 질감을 꼭 닮은 듯했다.

"이… 이윤아. 왜 갑자기 왜 울어 응?"

언니는 내 어깨를 만지작거리더니 자리에서 일어났다. 곧 휴지를 한 아름 가져와서 내 앞에 쌓아두었다(눈에 맺힌 눈물 때문에 이 모든 움직임이 반짝거리는 것처럼 보였다). 한참을 가만히 기다리던 언니를 바라보며 눈물을 닦았다. 이런 나를 보며 조금 웃는 것 같았다. 끅끅거리며 여운에 허덕이던 내가 말했다.

"어머님이 해 주신 말씀이 나한테 너무… 너무 필요한 말이었어. 난 사진이 나라고 생각했었어. 내 전부였던 것에서 도망치고 나니까 나 자체를 부정하게 되더라. 사실 놀랄만한 대단한 업적이나 빛나는 이름을 남긴 것도 아닌데 말이야. 다 놓아 버리고 나니까, 끊임없이 말을 전하던 라디오 소리가 흐릿해지는 걸 눈으로 본 기분이 들었어. 송출을 멈추면 라디오는 사실 할 수 있는 게, 자기의 일이 없어지는 거나 마찬가지잖아. 그런데 사진을 찍는 나도 그냥 내 모습 중 하나였을 뿐이었네. 나는 라디오도 아니고 사진도 아니었어."

"언니는 왜 울어?"

"몰라. 네 말을 들으니까 눈물이 나. 너 마음고생을 많이 했겠다."

"그냥… 이 생각할 때마다 마음이 한없이 차가웠다가, 화상 입듯이 뜨거웠다가 오락가락 했어. 석고상이 된 것처럼 이 자리에 그대로 굳어져 있었거든. 어떻게 해야 하는지도 모른 채 끊어진 길 위에 서 있는 사람처럼."

"이윤아. 너한테 사진이 너무나 소중한 걸 알아. 하지만 카메라와 사진 안에 너를 가두지 마. 너는 용도가 있는 존재가 아니야. 사진만큼은 아니더라도 네게 소중한 뭔가가 더 생길지도 모르잖아. 사진이나 카메라가 아닌 다른 존재가 소중해질 수 있는 자리를 만들어 볼래? 많이 말고 아주 조금이라도 좋아. 물론 마음에 꽉 차게 하나를 품는 것도 멋진 일이야. 그것만으로 벅차서 여유가 없기도 하지. 그런데 소중한 게 많아질수록 네가 너로서 존재할 공간은 더 넓어질 걸? 그리고 너를 꼭 대단한 업적이나 빛나는 이름으로 가득 채워야하는 건 아니라고 생각해. 빛나는 명예와, 세상의 인정이 네게 온다면 당연히 좋은 일이겠지만 그런 것들은 제 발로 걸어오는 것이지 억지로 끌어서 내 눈 앞에 가져다 놓을 수 있는 게 아니잖아. 그리고 그걸 가진 사람, 대단한 뭔가를 한 사람만 지칠 수 있는 것도 아니야. 지치기 위한 자격 요건 같은 건 필요하지 않아. 세상엔 이유 없이 그냥 그럴 수 있는 것도 있더라. 그러니까 이제 그만 울고 집에 가는 길에 잘 익은 망고부터 하나 사. 너 망고 좋아하니까."

언니 말대로 망고를 사먹으며 저번보다 조금 더 익은 것을 고른 것 같다고 생각했다.

'언니 오늘 만나 줘서 정말 고마워. 나 휴학하고 시작한 일로 이렇게 소중한 인연 만나게 될 줄은 몰랐어. 언니가 내 가장 가까이에서 날 받쳐주고 있는 느낌이 들어 늘.'

곧이어 답이 왔다. 텍스트일 뿐이었는데 언니가 바로 내 옆에서 입을 움직이고 있기라도 하는지 작은 바람에 마음이 나부끼는 기분이었다.

"이윤아. 너 한참 힘들어서 휴학할 때 카페에서 일을 하게 될 거라고, 거기서 우리가 만날 거라고, 우리가 이런 관계가 될 거라고 생각한 적 없지? 그것 봐 지금 이 시간이 너를 또 어디로 데려갈지 몰라. 끊긴 길 위에서 갈팡질팡하다가 너무 웅크리지만 말고 바람이 불면 어디로든 한번 떠밀려 봐. 너무 너무 힘들고 어려워 보이는 곳으로만 가는 것 같은데 사실 알고 보면 더 좋은 곳으로 가고 있는 걸지도 몰라! 거기에서 누굴 만나게 될지도 모르고. 정말 그건 아무도 몰라."

남편이 제안한 여행의 시작이었다. 내가 꽃다발을 들고 밝게 웃으니 부끄러워했다. 곧이어 요란한 소리를 내 목을 가다듬고서 결혼기념일 여행을 가는 것이 어떻겠냐고 물었다.

"여행을 가자고 갑자기?"
"응 여행. 여행 가자고."
"그래. 가요. 근데 당신 무슨 일이 있는 건 아니죠?"

"일?"

"생전 이런 이벤트 한번을 안 하던 사람이 꽃을 사고, 여행 이야기를 하니까요."

"이제 우리도 누려 봐야지. 모든 시작은 원래 갑작스러운 거야. 살면서 이제 시작한다! 큰소리 내며 시작되는 일이 얼마나 있겠고, 끝낸다! 하며 마무리되는 일이 얼마나 있겠어. 갑자기 여행도 가보고, 갑자기 꽃도 사보다가 익숙해지는 거지 뭐."

"그래요 익숙해져 보자. 꽃도 고마워요. 감동이야."

강릉으로 향하는 기차가 잠시 멈추고 다음 역을 설명하는 목소리가 들렸다. 큰 숨을 한번 쉰 후에 다시 출발한 기차는, 나와 우리를 어디론가 참 착실히도 데려갔다. 창문에 눈을 고정했을 때 햇빛이 나의 정중앙을 통하더니 새로운 막이 열린 것처럼 풍경을 내밀었다. "여보 얼른 여기를 좀 봐요." 시작되지도 않은 여행의 하이라이트를 미리 보기라도 한 듯이 다급하게 남편을 불렀다. 춘천역을 지나친다는 음성이 들리기가 무섭게 하얗고 고요한 영화가 시작되었다. 발이 한번 푹 닿기만 해도 영원히 발자국이 남을 것 같은 설경이었다. 라테 위에 자리한 휘핑크림 같기도 했다. 머금고 느끼는 달콤함을 표내지 않아도 그 맛은 사라지는 것이 아니듯 구태여 좋다고 입 밖으로 내지 않아도 좋았다. 이런 풍경이 펼쳐질 것이라는 예고도, 표지판도 없이 한가운데를 지나는 중이었다. 삶에서 오는 예상치 못한 기쁨처럼, 시작점은 명확하나 끝점은 흐릿한 슬픔처럼. 이 모든 게 현실임을 일깨워주는 목소리가 있었다.

"여보 설경이 참 황홀하다. 우리 여행을 춘천으로 갈 걸 그랬나. 아니지 다음에 또 오자."

창가에서 고개를 돌리니 남편이 씨익 웃고 있었다. 입가 옆에 연하게 파이는 보조개가 여전히 그대로라 나는 장면을 바꾸듯 생각에 빠졌다. 남편과 내가 한창 만남을 이어 가던 시절에 TV 가요 프로그램에선 세월이 잦은 잊음을 만든다는 가사가 흐르곤 했다. 노래를 흥얼거리며 나도 이 사람의 젊은 얼굴과 체취를 잊는 날이 오겠지. 내가 붙잡아도 모래에 휩쓸리듯 세월이 파묻힐까 하고 생각했다. 기차 안 설경에서 다시 그 얼굴을 만났다. 분명 아는 얼굴. 내가 사랑한 얼굴이었다.

"여보."
"응."
"난 우리 아들의 얼굴이 나를 많이 닮았다고 생각했거든. 그런데 아니었네. 오늘 보니 당신의 20대 시절 얼굴을 많이 닮았어요."
"그래? 좋네. 당신 그때의 내 얼굴을 좋아했잖아."
"지금도 여전히 좋아 난."

방금 교수님께 전화 한 통을 받았고 용건은 두 가지였다. 내가 한창 사진에 미쳐 있을 때, 곧 무엇이라도 될 수 있을 것 같이 유망했을 때 찍었던 사진을 학회에서 레퍼런스로 쓰고 싶다는 연락이었다. 하지만 내가 찍은 사진들은 생동

감 없이 조용히 입을 다문 지 오래였다. 그래서 달갑지 않았다. 휴학을 한 뒤로는 내 사진을 쳐다보지도 못했다. 사진을 보면 질책의 눈초리와 목소리가 다시 활개 칠까 봐 두려웠다. 내가 마주하고 싶지 않은 건 그 목소리들일지도 몰랐다. 통화가 마무리 될 즈음 한마디가 더 들렸다.

"이윤아."
"네 교수님."
"시립 자연 사진 협회에서 공모전을 개최한다는 소식이 있어. 가능하다면 부담 갖지 말고 한번 도전해 봐."

몸 전체를 이불 속에 숨긴 채 망고를 하나 잘랐다. 벌써 몇 번째 망고인지도 모르게 수많은 망고를 먹었다. '아 다 익지 않았구나.' 이번에도 실패인가 보다. 먹다 보니 처음 자르는 순간 에 느낌으로 알 수 있었다. 사실 망고를 먹을 때마다 난 거의 타이밍을 맞추지 못했다. 분명 먹음직스러운 붉은색과 노란색을 띄기에 잘랐는데 다 익지 않았던 경우가 태반이었고, 또 어느 날은 말랑해지기를 기다리다 때를 놓치는 바람에 너무 물러진 망고를 먹었다(대부분은 말랑해지는 것을 기다리지 못하는 경우가 많았다). 역시나 오늘 산 망고도 서걱거렸지만 곧 단내가 훅하고 올라와 그것을 잊게 했다.

"아으 달다. 달다고 생각할래."

"안녕하세요. 두잇커피입니다."
"나 또 왔어요. 하하."
"오셨어요? 오늘도 카푸치노랑 르뱅쿠키 드릴까요?"
"네 주세요. 참 센스 있다."
"감사해요 자주 드시잖아요."
"이 카페에 오는 손님이 나만 있는 건 아닐 테고 다른 손님이 자주 찾는 메뉴가 뭔지도 많이 기억하고 그러죠?"
"저도 전부를 기억하지는 못해요."
"그래도 참 대단한 걸요. 그런데 혹시 무슨 일 있어요? 요즘에 계속 얼굴이 안 좋아 보여서 걱정이 돼요. 입술도 다 부르트고, 눈도 충혈된 것 같네. 좀 야윈 것 같기도 하고요."

 교수님의 전화를 받고, 덜 익은 망고를 먹은 그날 이후로 밤에 잠이 오지 않았다. 망고를 먹다 체한 것도 모자라, 교수님의 목소리는 다시 나를 사진의 세계로 건너오게 하려는 것 같았다. 그래서 온갖 고뇌를 깔고 누워 데굴데굴 굴렀다.

"아 그게요…."

 승아 할머니를 처음 봤을 때가 떠올랐다. 눈 속에 금가루라도 담겨 있는 듯 나도 모르게 가까이 다가가게 만드는 인상과 듣기 편안한 목소리를 가진 분이셨다. 그래서였을까, 아니면 내가 이분의 취향과 손녀까지 알고 있다는 친밀감으로 가득해서였을까 입이 스르르 벌어졌.

"제가 얼마 전에 어떤 일을 포기했어요. 포기하고 나면 마냥 좋기만 할 줄 알았거든요. 그런데 결정하고 나서도 마음이 편치가 않았어요. 그때는 닥친 상황을 견딜 수 없었고, 더는 견디고 싶지 않아서 내린 결정이었는데 막상 그 선택을 하고 나니 제가 너무 허름해졌어요. 그 방법이 최선이었다는 걸 알아요. 하지만 선택을 하고 난 후에 볼품없어 보이는 저와 제 마음이 너무 싫어요. 이 마음이 드는 게 싫어서 다시 하려니 두려운 마음이 더 크고요."

내가 말을 비워 내는 동안 가만히 듣고 계셨다.

"내가 얼마 전에 남편이랑 여행을 다녀왔어요. 기차를 타고 설경을 지나는데 아주 작은 집이 보였어요. 아주 오래되어 보이기도 했고, 위태로워 보이기도 했어요. 그러다 문득 저기에 살고 있는 사람들은 어떤 마음일까 혹시 너무 낡아서 쓸모없다고 생각하지는 않을까. 떠나고 싶어 할까 궁금한 마음이 들었어요. 그 작은 집들이 설경과 너무 잘 어울렸거든요. 마치 꼭 어울리는 물감을 칠한 그림처럼요. 혹시 그곳을 떠나고 싶어 하고 쓸모없게 여기는 사람이 있다면 알아야 할 사실은 그 집이 설경을 완성시킨다는 점이에요. 이윤 씨도 낡고 오래된 집 같은 마음에 살고 있는 기분이 들 수도 있어요. 하지만 그 마음이 한 시절을 완성시키는 중요한 풍경이 될지도 몰라요. 그러니까 자기 마음이나 스스로를 너무 미워하기 보다는 예쁘게 바라봐요. 나는 못해, 너무 미워, 어쩜 이럴까 하고 생각하지 말고. 낡은 마음이 서 있는 곳이 울렁이는 물속이나 딱딱한 땅이 아니라 사실은 경이롭고 푹신한 눈 속일지 모르는 거잖아."

'내 마음이 서 있는 곳이 사실은 푹신한 눈 속일지도 모르잖아. 그걸 나만 모르고 있는 것일지 모르잖아.' 내내 되뇌었다.

그렇다면, 정말로 그렇다면, 이 낡은 마음이 풍경의 완성이라면 나 자신을 미워하지 말아볼까. 이 낙심을 원망하지 말아 볼까. 그럴 수도 있는 것이라고. 더욱 튼튼하고 굵은 못이 박히는 거라고 여기며 과거가 된 시간을 자책하지 말아볼까. 다시 바닥을 지탱해 서 볼까. 하는 생각이 들었다.

단풍잎과
아메리카노

'아 이 말은 말걸….' 입술에서 떠나보내기 무섭게 붙잡고 싶은 마음이었다. 그칠 줄 모르고 흐르기만 하는 눈물을 보며 내 모습을 떠올렸다.

정말 오랜만에 깊은 잠을 잤다. 카페에서 나눈 대화를 곱씹다가 오랜만에 푹 익은 망고를 먹어서 그런지 단잠에 들었다.

"교수님. 저 공모전에 참여하려 합니다."

승아 할머니의 말을 들은 후, 절벽을 기어올라 보려고 발을 딛는 연습부터 다시 시작했다. 가장 먼저 시간을 되돌려 그때의 상황을 직시해 보기로 했다. 끼니는 잘 챙겼는지, 잠은 잘 잤는지, 한 번에 네 개가 넘는 공모전을 진행하며 스스로 감당할 수 있었는지. 질문을 던질수록 긍정적으로 답할 수 있는 항목이 단 하나도 없었다. 몸과 마음의 에너지가 물기 많은 수채화처럼 선명할 수 없던 것이 당연했구나 하는 생각이 들었다. 조금씩 천천히 덧칠해 마음을 정돈하자는 결론을 내렸다. 이때부터 카페 일이 마무리되는 때나, 주말에 시간이 생기면 이불을 탈탈 털어 널고 공모전 준비를 시작했다.

다시 카메라를 들며 다짐한 것이 있었다. 힘들었던 그 시기에 계속해서 젖어 있지 말 것, 내가 감당할 수 있는 일들을 할 것, 쉬는 시간을 만들 것. 나와의 약속을 지키기 위해 쉬는 시간을 가지려고 산책을 나갔다. 겨울의 끝자락이긴 했지만 아직 마지막 얼음 조각은 녹지 않은 날씨였다. 대뜸 누군가에게 전화를 걸고 싶은 마음이 들었다.

"여보세요? 희윤아. 나야."

시험 결과를 조회해 보듯이 조심스런 목소리를 냈다. "합격입니다."라는 목소리는 없었지만 그처럼 밝은 마음이 느껴지는 어투였다.

"이게 누구야! 차이윤! 그동안 연락도 없고."

"아… 그게."

"알아 네 마음이 어려웠던 것. 휴학하기 직전에 울면서 전화했던 것도 전부 기억해. 휴학했다는 소식을 듣고 기다려야지 생각했어."

"… 고마워 이제 나 슬슬 다시 사진을 찍어 보려고 해."

"정말? 기특하네. 차이윤! 네가 없으니 날 찍어 줄 사람이 없었어."

"없긴."

"정말이야 구도도, 색감도, 시선도 전부 아쉬웠어. 내 SNS 속 사진 다섯 장 중 세 장이 네 시선인 것 알고 있지?"

"하하 그랬었나."

"그래, 그렇다니까. 그리고 너 다시 사진 찍는다니까 말해 주는 건데 너 실력 없고 책임감 없고, 다 된 밥상에 수저만 올린 애라는 둥 악질적인 소문 낸 그 놈! 알고 보니 우리 오빠 친구더라."

"뭐?"

"그래서 내가 욕을 버럭 했어. 내가 한 쓴소리를 다 듣고 가려면 아마 우리나라에서 제일 큰 기업의 서류를 전부 옮길만한 트럭이 다섯 대쯤 와야 할 걸."

"말만이라도 고맙다."

"말만이 아니라니까. 너 휴학한 후에 교수님이 후배들한테 네 작품 잔뜩 보여주셨대. 선배가 이야기 하더라. 칭찬도 많이 하셨다고 했어."

"정말?"

"그래. 그러니까 이제 스스로 그만 만져 네 상처."

"고마워. 그래도 그때 상황을 끊어 내기에만 급급했던 게 계속 마음에 걸려서 다시 제대로 사과를 하려고. 내가 상처 받은 건 두 번째 일이고 그 당시 내 일을 제대로 해내지 못한 건 잘못이니까. 팀원들도 정말 많이 힘들었을 거야."

"그래. 깔끔하게 정리하자. 감정은 말이 많아서 정리가 힘들어도 상황은 정리라는 말을 좀 알아들으니까."

교수님께서 말씀하신 시립 공모전의 결과는 은상 수상이

었다. 이왕이면 가장 높은 단계에 올라서고 싶었지만, 욕심을 부리지 말자는 다짐을 하고 또 했다. 상을 받고 돌아가는 길엔 어김없이 망고를 샀다. 드디어 먹음직한 망고를 고르는 법을 알아가고 있다. 이제야 알게 된 새로운 사실도 있었다. 내가 골랐던 망고들이 하나같이 이상했던 것이 아니라 후숙을(생각했던 것보다, 내가 실제로 했던 것보다 훨씬 오래) 해야 했다는 거였다. 수상에 성공할 때마다 망고를 하나씩 사고 남은 돈을 모았더니 꽤 두둑했다. 카페 일을 그만 두고 여행을 가려는 결심을 한 것은 사진을 다시 찍기로 결정하고 나간 네 번째 대회 무렵이었다. 그 후로(아직 그만둘 일자는 멀었음에도). 조금 더 선명하게 카메라 초점을 잡듯 손님들을 살피고 응대했다.

"차이윤 없는 두잇커피에 무슨 재미로 가나."

곧 일을 그만 둔다는 나의 말에 대한 언니의 대답이었다.

"우리 가게에서 파는 레모네이드 좋아하잖아. 계속 사 먹어야지."

"그렇게. 그만둬도 나 만나 줄 거지?"

"그게 무슨 소리야! 언니. 카페랑 언니는 별개인 걸. 언니가 늘 하는 말이 있잖아. 아무도 모르는 거라는 말. 언니가 아무도, 아무것도 모르는 와중에 아 얘는 좀 알겠다 싶을 때까지 언니를 만날 거니까 그런 걱정은 하지 마."

"약속했다? 그런 의미로 여행 가서 나 잊지 말고 선물 꼭 사와."

"응. 그렇게."

언니와 통화를 끝낸 후 침대 위에 팔을 쭉 뻗어 누웠다. 얼마 전에 교체한 연보라색 침구가 마음에 들었다. 몸을 조금 움직여서 협탁에 놓아둔 코팅된 단풍잎과 편지봉투를 바라봤다. 단풍잎은 주황으로 달궈지다 끝끝내 참지 못하고 붉게 열을 뿜어 버린 듯한 색이었다. 그것을 오래 매만지다 이것을 건네던 손님에 대해 생각했다. 손님은 카페에 올 때마다 초코라테를 주문했다. 무거워 보이는 검은색 가방을 항상 메고 왔다. 빈자리에 가서 늘 학원 숙제를 하는 것 같았다. 내가 이 선물을 받게 된 결정적인 날이 이때인가 싶던 그날 손님이 물었다.

"혹시 카페인이 센 음료수는 어떤 게 있어요?"

여러 가지 메뉴를 추천하니 고민하는 표정을 짓다가 대뜸 말했다.

"사실은요… 열흘 후에 중간고사 시험이 있어요. 과학 과목 점수 이십 점, 수학 점수 십 점을 올리면 부모님이랑 여행을 가기로 했어요."

두루마리 화장지를 풀 듯 술술 이야기하는 걸 보니 아무래도 자랑을 하고 싶었던 것 같다.

"그렇구나. 좋은 결과가 있을 거예요."

시간이 지나 그 학생이 다시 왔을 땐, 처음 카페인을 찾던 때보다 더 피곤한 얼굴이었다. 시험을 잘 보았냐고 인사치레 하기에도 조심스러웠다. 티를 내지는 않았지만 아이스 아메리카노에 샷을 추가해 달라는 주문을 받고 조금 놀랐다. 초코라테와 아이스 아메리카노의 간극이 너무 크게 느껴졌다.

"아 그렇구나. 한꺼번에 마시지 말고, 천천히 마셔요. 카페인 때문에 심장이 빨리 뛰는 증상이 나타날 수도 있어요."

나의 표정 때문이었는지, 목소리 때문이었는지 학생은 갑작스레 눈물을 쏟았다. 쏟았다는 표현이 그 어떤 말보다 정확했다. 모아둔 것이 주르륵 미끄러지는 모양새였다. 당황한 나는 카운터에서 나와 손님 앞으로 다가갔다.

"괜찮아요. 괜찮아 응?"

'아 이 말은 말걸….' 입술에서 떠나보내기 무섭게 붙잡고 싶은 마음이었다. 그칠 줄 모르고 흐르기만 하는 눈물을 보며 내 모습을 떠올렸다. 내게 괜찮다는 말은 안심하게 하는 말이 아니라 더욱 위태롭게 만드는 말이었다. 괜찮다는 말은 그 누구의 의사도 묻지 않은 채 자신을 드러냈다. 날기 시작한 말이 어디서 어떻게 부유할지 아무도 알 수 없는 채로. 한참을 울던 그 손님은 내가 쥐어 준 휴지를 들고 카페를 떠났다. 그러다 근무 일자가 얼마 남지 않은 오늘 다시 마주했다. 오늘은 커피 대신 초코라테 두 잔을 주문했다. 반가워 커진 내 눈을 보곤 싱긋 웃더니 작은 편지봉투를 내밀었다. 음료가 나오자 곧바로 라테가 담긴 트레이를 가지고 나갔다. 너무 순식간이라 내게 왜 편지봉투를 준 것인지 물어볼 수가 없었다. 집에 와서야 그 이유를 알 수 있었다.

편지를 읽고 눈물이 울컥 쏟아졌다. 침대 위에 엎드려 누운 모양대로 이불이 조금 젖었다. 슬픈 눈물이 아니었다.

언니. 제가 울었던 날 말이에요. 그날은 마음이 힘들었어요. 원하던 목표에 달성하지 못했거든요. 카페에서 울음이 터져 많이 당황하셨죠? 혹시나 언니 때문에 운 것이라고 오해 안 했으면 좋겠어요. 그날 언니 목소리가 너무나 다정해서 주저앉게 됐어요. 괜찮다는 언니 말을 들으니 괜히 더 서러웠어요. 괜찮다는 말이 싫기도 했던 것 같아요. 왜냐하면 제 마음은 괜찮지가 않았거든요. 진정하고 생각해 보니 괜찮다고 통보하는 말이 아니라 위로의 말이란 걸 알았어요. 감사합니다. 이 단풍은 얼마 전에 다녀온 교토의 단풍이에요. 그날 언니를 놀라게 한 것을 사과하고 싶어요. 받아 주세요.

루비쿠키와 그들의 인사

승아의 목소리가 바늘구멍이 되고, 내가 덧붙인 사진 전공자라는 말이 실이 되고, 웃으며 포즈를 취하는 두 분의 모습을 통해 비로소 매듭지어지는 순간. 움직이지 않을 사진처럼 내 안에 박힌 시간을, 나만 아는 연결고리를 가진 이들과 함께한 시간을 이렇게 마무리 하고 싶었다.

마지막 출근일이 딱 한 걸음을 남긴 채 다가오는 중이었다. 길어진 해가 문을 넘어 테이블 위를 한자리씩 차지했다. 드디어 공기 중에 떠다니던 미세한 봄기운이 영역을 확장한 걸까 생각함과 동시에 익숙한 얼굴이 카페 문을 열었다.

"승아야! 할머니 손을 꽉 잡고 가야지 먼저 가면 위험해!"
"승아야 안녕 잘 지냈어?"
"네!"

꽃잎을 양손 가득히 모아서 공중으로 뿌리면 이런 소리가 날까 생각이 드는 목소리였다.

"승아야 오늘은 어떤 음료를 마시고 싶어?"

할머니의 손을 잡은 아이가 몸을 꼬며 손가락을 까딱였다.

"딸기우유하고 쿠키는 루비쿠키요."

아이의 말을 들으니 다른 손님에게서 르뱅쿠키를 주문 받았을 때의 일이 떠올랐다. 자연스럽게 "루비쿠키 하나 결제하겠습니다."라는 말을 했다. 그 말을 들은 손님과 나 모두가 당황해 웃음보가 푸욱 하고 열렸었다. 그 생각을 하니 달콤한 과즙이 얼굴에 닿는 듯한 기분이 들었다.

"따뜻한 카푸치노 한 잔이랑 유자… 아 아니다 우선 카푸치노 한 잔만 주세요."
"할머니 그런데 빵빵 할아버지는요?"
"응 할머니랑 쿠키를 먹고 있으면 여기로 데리러 오실 거야."
"네에."

아이와 눈을 맞추는 손님을 보며 나도 그 시선 속에 있는 듯 따사로웠다. 직원 하나 그만두는 게 뭐 그리 특별한 일일까 싶어 아무에게도 알리지 않았지만 왜인지 이 손님에게는 말씀 드리고 싶었다. 처음 뵈었을 때부터 지금까지 말캉한 구름의 표면을 문지르는 것 같은 기분을 느끼게 해 주신 분이었다. 구름에서 내게로 흐른 빛을 한 움큼 모아 마음 곳곳에 뿌려두었다.

"저… 손님 제가 이번 주를 마지막으로 카페를 그만두게 되었습니다. 그냥 말씀드리고 싶었어요."
"어머 정말요? 너무 아쉽다. 할머니의 주책일지 모르지만 이 카페에 올 때마다 정말 좋았어요. 라디오 소리가 들려오는 것도, 늘 웃으며 인사 받아 주는 것도, 우리 손녀를 아껴 주는 것도요."
"아닙니다. 오히려 제가 더 감사해요. 힘을 많이 얻었어요."
"그럼 서로 감사했던 걸로 해요."

아이와 손님은 창가에 자리를 잡았다. 햇살과 그림자의

한 가운데에 두 사람이 있었다. 아이는 손님의 휴대폰으로 이리저리 사진을 찍고 있었다. 카하하. 웃음소리가 나에게 마치 셔터음 같이 들렸다. 그 보드라운 프레임 안으로 들어가듯 다가가 음료를 내려놓았다. 승아 할머니에게서 추가로 따뜻한 유자차 한 잔을 주문 받고 삼 분 뒤쯤 다시 도어벨이 울렸다. 회색빛과 검은빛이 섞인 머리칼을 가진 남성분이었다. 그를 기다리는 사람이 이 안에 있다는 것을 알게 된 건 들리는 목소리 때문이었다.

"할아버지! 할아버지! 승아 여기에 있어요."

'아 승아 할아버님이셨구나.' 금세 완성된 차를 갖다 드리려 몸을 움직였다. 가까이에서 마주하니 까무잡잡한 피부가 승아와 아주 비슷했다. 전체적으로 호리호리한 체형, 왼쪽 눈과 달리 쌍꺼풀이 없는 오른쪽 눈. 그 모습에서 기시감이 느껴졌다. 왜 나는 이 분에게 익숙함을 느끼는 걸까···. 승아나 승아 할머니를 안다는 이유로 함께 같은 범주에 넣어두는 것이 아니었다. 자주 만나는 아이와 닮은 구석이 있어도 그렇지 내가 타인에게 이런 감정을 쉬이 느낄 리가 없었다.

"할아버지 왜 이렇게 천천히 왔어요."

그 남자는 아이를 바라보았다. 곧이어 허허하는 웃음이 따랐다. 곧이어 손님이 콜록거리는 소리가 들리자 나는 상념에서 빠져나왔다.

"당신 기침을 하네? 환절기라 그런가."
"그런가 봐. 나는 늘 목으로 먼저 신호가 오더라고요."
"명은아. 약은 먹었어?"
"이만한 걸로 무슨 약이야. 따뜻한 것 마시면 금방 괜찮아져."
"아이 참 내가 늘 말하잖아. 덜 아플 때 병원에 가야 빨리 낫는다니까."
"아유 알았어! 유난은."

"병원은 되도록 덜 아플 때 가는 게 좋아요."

우뚝 멈춰 서게 하는 목소리였다. 실이 되감기는 것 같은 찰나를 마주하고, 그 목소리를 처음 들었던 때로 돌아갔다.

"커피 그만 마시고 내 유자차를 마셔 응?"

폴라로이드 사진기에서 이미지가 현상되는 것처럼 기억이 서서히 또렷해졌다.

'꽃다발의 주인공이 이렇게나 내 가까이에 계셨었구나. 말도 안 돼. 어떻게 이런 인연이!'

비로소 이 인연의 시작점을 알게 된 후 나는 이 세 사람을 확대하듯 가까이 당겨 반갑게 바라보았다. 아이는 그사이 피사체를 바꿔 할아버지를 찍고 있었다. 서로가 민망해질 정도로 빤히 바라보다 보니 어떤 행동을 하고 싶어졌다. 사진을 찍는 사람으로라도 조금 더 이 사람들의 결을 느끼고

싫었다.

"저 혹시 괜찮으시면 세 분 사진을 찍어드려도 괜찮을까요? 지금 세 분 모습을, 남겨두면 너무 예쁠 것 같아요."
"사진이요?"
"좋아요! 승아 왕관차 할아버지랑 사진 찍을래요."

 승아의 목소리가 바늘구멍이 되고, 내가 덧붙인 사진 전공자라는 말이 실이 되고, 웃으며 포즈를 취하는 두 분의 모습을 통해 비로소 매듭지어지는 순간. 움직이지 않을 사진처럼 내 안에 박힌 시간을, 나만 아는 연결고리를 가진 이들과 함께한 시간을 이렇게 마무리 하고 싶었다.

∽

길을 걸으며 비닐을 묶은 트위스트 타이를 풀었다.

"이건 이윤 씨한테 선물로 주고 싶어서 샀어요. 루비쿠키 기쁘게 받아 주길 바라요."

와득 씹히는 식감이 마치 그동안의 시간을 쪼개서 소화시키는 것 같았다. 과육 가득한 망고를 한입에 가득 넣은 것 같은 충만함과 비슷하기도 했다. 홍지 언니의 말이 떠오르는 순간이었다.

"살면서 내 발이 땅에 닿은 오늘, 이 순간을 맞게 될 것이라고 미리 아는 사람이 얼마나 있겠니. 우린 늘 전부를 알 수가 없더라. 사람에 대해서도, 상황에 대해서도."

둥실하고 어떤 이미지가 떠올랐다. 썰린 과일의 단면 같기도 하고 아직은 썰리지 않은 그대로의 덩어리 같기도 했다. 나는 상상 속에서 그것의 겉면을 가르는 중이었다. 거무스름한 자국이 있는, 푹 들어간 자국이 있는 부분을 지나 끝까지 칼집을 넣으며 생각했다. '썩어버린 걸까' 멈칫하는 마음을 달래니 마침내 어떤 새로운 색의 알맹이가 드러났다. 반신반의하며 입에 넣었을 땐 단내가 내 몸 한가운데 자리 잡았다. '누가 알았겠어. 멍든 것 같던 과일이 달콤할 줄을, 누가 알았겠어. 그 부드러운 알맹이가 딱딱한 씨를 품고 있었을 줄. 아무도 모르는 거지. 늘 알 수가 없는 것이지. 우리가 알고 있는 것, 생각하는 것들의 크기는 딱 이만큼, 과일의 단면만큼 일지도 몰라.' 생각을 하며 계속 걸었다.